JN111361

悪名
-あくみょう-

ダルビッシュ翔

text by Sho Darvish

彩図社

はじめに

「ほら、あそこ見てみい」
「うわっ、ダルビッシュや」

小学校低学年のころ、僕がサッカーの練習をしていたときの話だ。
グラウンドの隅で、僕の方を指さしてクスクス笑う同級生の姿が目に入った。

〝俺のことを笑ってるヤツがいる〟

頭で意識するよりも先に、身体が動いた。僕はそいつらに向かって一目散に駆けていき、気付いたら馬乗りになってボコボコに殴っていた。二度と僕に対してナメた態度を取らないように、渾身の力を込めて何発も何発も殴り続けた。

思えば、いつもそうだった。身体が大きく運動もできた僕は、「普通」の子とは違う名前や見た目をしていても、いじめられることはなかった。むしろすぐにカッとなって誰かれ構わずド突きまわしてしまうから、みんなから怖がられ、避けられる存在だった。

そんな僕を面白く思わない人も、中にはたくさんいただろう。陰でコソコソ悪口を言われたり、冷たい視線を投げかけられたりするような経験は数えきれないほどしてきた。

そういうヤツらには、直接僕が出ていって力の差を嫌と言うほど分からせるしかない。幼いころから僕の自己表現は、「暴力」だけだった。

後日、母親と一緒に菓子折りを持ってボコボコにしたヤツらの家に謝りにいった。そんなことはしょっちゅうだったけど、母はいつも僕の分まで頭を下げてくれた。

「ダルビッシュ君とは遊ばないように」

どの家庭でもそう教えられていたと、後になって知った。

僕には兄がいる。メジャーリーガーのダルビッシュ有だ。弟の僕が言うのもなんだが、日本人はもちろん世界中の人が知っているようなスーパースターだ。小さいころから野球部のエースだった兄貴の名前を、地元で知らない人はいなかった。

一方で、弟である僕の名前も地元では有名だった。

ただし、それは悪い意味でだ。

「ダルビッシュの弟がまた捕まったらしい」

「あいつには近づくな」

「キレたら何をするか分からない」

兄貴が次々と〝名声〟を手に入れていくなか、僕の〝悪名〟もどんどん大きくなっていった。僕がしてきたことを考えればそれは当然だし、意識的にそう振る舞っていた部分もあった。

――兄貴の名前には甘えない

――自分の力だけで、好きに生きていく

僕の青臭いプライドが、間違った方向に突き進んでいった結果だ。そんな自分の間違いに僕が気付いたのは、本当につい最近のことだ。僕はいま34歳。ずいぶん時間がかかってしまったが、今は僕にしかできない新しいことに取り組んでいる。

本書には、そんな僕が自分の〝悪名〟に向き合う物語が書かれている。世の中には、「所詮は元犯罪者」「根っからの悪人」とレッテルを貼られ、なかなか社会復帰ができずにいる人も多い。僕もその1人だ。

自分の罪と向き合い、償い続けていくのは当然だと思う。ただ、だからと言って、やり直すチャンスをすべて奪い取ってしまうのは違うのではないかと僕は考えている。

僕と同じ悩みを抱える人や、その周りにいる方々に対して何らかのヒントやきっかけになればと思い、僕はこの本を書いた。隠し事は一切なしで、洗いざらいを記した。

僕のことを応援したいと思ってくれる人もいれば、「自業自得だ」と腹を立てる人もいるだろう。僕はそれでいいと思っている。

ただひとつ言いたいことがあるとすれば、社会に戻りたいという意思がある人にはチャンスを与えてあげてほしいということだ。

それは与える側にも勇気が必要なことだと思うし、何より頑張らないといけないのは、復帰を願う当人だ。一度失った信用を取り戻すのは、思ったよりもずっと難しい。

だけどそこを乗り越えないと、いつまで経っても人生が変わらないのも事実だ。この本によって、たとえ1人でも「自分も頑張ってみようかな」と思ってくれる人がいたら、僕にとってこんなに嬉しいことはない。僕だって偉そうなことは言えないけど、だからこそ厳しい現実に直面してもがいている人の気持ちが少しは分かるはずだ。

そして〝悪名〟を巡る僕の旅がどうなるのか、それを見届けていただければ幸いである。

悪名 ―目次―

第2章 〝悪名〟のはじまり

第3章　アメリカでの洗礼

第4章　相次ぐ逮捕と東京生活

第5章 格闘技に打ち込む

第6章 野球賭博事件の真相

第7章 ワルビッシュTV

第8章 大阪租界と炊き出し

第1章　僕の家族とメジャーリーガーの兄

羽曳野という街

1989年3月12日。大阪府にある羽曳野（はびきの）という街に僕は生まれた。大阪には、大和川（やまとがわ）という大きな川が南北を隔てるように流れている。川の北側は「いわゆる大阪」という感じで、府外からの観光客が訪れるのは主にこの北大阪エリアだろう。

北側は南側に比べて不良文化もいろいろと洗練されている。僕たちは暴走時に最後尾を走るケツモチのバイクが原チャリだったけど、北側ではペケジェイアールやゼファーという単車に乗っていた。同じ不良でも、全然住む世界が違う感じがした。

南大阪は田舎の雰囲気が残るエリアだ。なかでも羽曳野はほとんど奈良に近いような小さな田舎町だ。

だけどその代わり、田舎特有の団結力の強さのようなものはある。もちろんそれが面倒な方向に転ぶこともあるけど、こちらの方が僕の性に合っていると思うし、住みやすくていい街だ。

今はあちこちを飛び回る生活をしているが、羽曳野に帰ると大勢の仲間たちが迎えてくれる。苦楽を共にした大切な仲間と思い出が詰まった、大切な故郷だ。

両親のこと

僕はイラン人と日本人のミックスだ。父がイラン人で母が日本人。お互い大学生のころにアメリカに留学して、現地の学校で出会ったと聞いている。２人はそのまま結婚して、日本に帰ってきた。

当時は、外国人と結婚することが今ほど当たり前ではなかった。差別的な意識もあったのだろう、母は結婚についていろいろとうるさく言われたらしい。

それでも反対を押し切って、２人で小さな英会話塾を営みながら僕たち兄弟が生まれてからも母の実家にしばらく住んでいた。

その後父は貿易関係の仕事を始めたり兄貴のマネジメント会社を経営したりし始めた。それだけいろいろ手を出せる余裕があったということは、ウチは比較的裕福だったと言っていいだろう。

やはり孫は可愛いのか、おじいちゃん、おばあちゃんは僕たちをすごく可愛がってくれた。両親には黙ってこっそりとお小遣いをくれたことをよく覚えている。

共働きの家庭に育ったということもあって、僕たち兄弟はいわゆるおじいちゃん子、おばあちゃん子というヤツだった。英会話塾の経営で両親の帰りが遅かったこともあり、小さいころはおじいちゃん、おばあちゃんと寝ることが多かった。

兄貴には逆らえない

兄貴は単純に怖かった。ウチは縦の関係がしっかりしていて、とにかく兄貴の言うことは絶対だ。それは今でも変わらない。当時から身体も大きくて、喧嘩をしても敵うわけがなかった。

昔は理不尽にシバかれることもたくさんあった。

たとえば一緒にテレビゲームをしていて僕が勝ってもシバかれるし、僕が少しでもはしゃぐと「調子に乗るな」と怒られた。周りに友達がいても関係なしだ。かといって兄貴と仲が悪いということではない。僕への厳しいしつけもある意味愛情だったのだと今では思えるし、野球に対する才能や努力を見ていると素直に尊敬できる。

兄貴が野球で本格的に注目されだしたのは、中3になってからだったように思う。全国大会や世界大会に出て次々と良い成績を残していった。当時兄貴はもう野球の練習に行きたくないというようなことも言っていたが、父と殴り合いの喧嘩をして無理やり家から引っ張り出され、泣きながら練習に行かされていたこともあった。

それから東北高校に進み、プロになって、今では誰もが知っているメジャーリーガー。本当にすごいと思うし、自慢の兄貴だ。

兄貴の繊細さ

怖くて逆らえない兄貴とはいえ、嫌なヤツだったわけではない。むしろ家族として近くで見ているなかで、外からはなかなか見えない兄貴の繊細さや優しさを感じることはたくさんあった。

まず、兄貴は人付き合いがとにかく苦手だった。

兄貴が小学3年生くらいのときだったと思う。野球を始めるためにチームの見学に行くというので、僕もついていったことがあった。

僕は人付き合いが得意な方なので、割とすぐにチームのみんなに馴染むことができたが、兄貴は違った。なかなかみんなと話すことができず、ずっと隅の方にいた記憶がある。家での強い兄貴を知っている分、そんな姿を見ているとなんだかこちらの方がドキドキしてしまったことを覚えている。

思い返してみれば、教室でも登下校時でも、兄貴はいつも１人だった。やっとみんなの輪に入っても、仲間外れにされてしまうことも多かったのかもしれない。僕は気付かないフリをしていたし、兄貴も強いので家ではそんな話はしないけど、子どもながらにそう感じていた。


また、国籍の問題からか、僕たちは同級生からからかわれることがあった。僕は腕力で相手を黙らせてきたけど、おとなしい性格の兄貴は違った。手足が長いこともあって、そのころ大流行していたストリートファイターというゲームのキャラクターのダルシムに似ていると言われて、

「ダルシム菌がつくぞ～」

と言われたりした。

鬼ごっこで兄貴が鬼になったときに周りは何も言わずにこっそり帰ってしまって、そのことを知らない兄貴は１人で日が暮れるまで鬼をしていることも

あった。

そんなふうに兄貴をからかうヤツを見て、僕はいつか必ず覚えとけよという強い気持ちを覚えた。子ども心に感じていた差別や疎外感、それをねじ伏せようと暴力を振るったのが、僕の〝悪名〟の始まりだったのかもしれない。

そして、もちろん兄貴もやられっぱなしではなかった。身体が大きく力もあったので、最終的には頭に来たヤツらをバチバチに締めてしまうことがあったのだ。だから、いわゆるいじめとは少し違うのかもしれない。兄にとってそういった力は、自分を守るために必要でもあったのだろう。

兄貴の優しさ

兄貴からのしつけは厳しかったと書いたが、それは裏を返せばすごく弟思いの兄貴だということだ。不器用な兄なりに、僕のことを思ってくれているんだなと感じることはたくさんあった。

たとえば僕がまだ保育園に通っていたくらいのころ。おじいちゃんがバイクで家に帰ってきた。小さかった僕はわけも分からずおじいちゃんのバイクの前に飛び出してしまったのだが、それを見ていた兄貴は身を挺して僕を守ってくれた。

「じいちゃんが翔を轢こうとした！」

兄貴は泣きながら本気でおじいちゃんのことを怒っていたらしい。さすがに僕は小さすぎて記憶がおぼろげだけど、母親がよく嬉しそうにこの話をしてくれるので印象に残っている。

あとは、ボウリング場でのエピソードも印象深い。これは小学校のころなのではっきり覚えているのだが、家族でボウリングに行ったときの話だ。僕は調子乗りなので、投げた球が戻ってくるところに手を入れて遊んでいた。そしたら、案の定手が挟まって抜けなくなってしまったのだ。

店員を呼び、なんとか鍵を開けてもらって助かったが、そのときも誰よりも懸命になって力いっぱい僕の手を引っ張って助けてくれようとしたのが兄貴だった。

このようなエピソードは他にもたくさんある。こうして考えると、兄貴の厳しいしつけも周りから僕を守るため、ナメられないようにするためにやっていてくれていたことなのかもしれない。

弟の賢太

僕の大事な家族のひとりで、兄貴と一緒にサプリメントの会社をやっている賢太のことにも触れてみたい。

弟は、3兄弟の中でも一番辛い立場にあったと思う。

兄貴は中3を最後に野球で家を出ているから、弟が兄貴と暮らしたのは小4のときが最後ということになる。僕は僕で中2ぐらいからあちこちで悪さをして捕まり続けていたので、弟はある意味一人っ子のように家にいる時間が多かった。

これは本人もよく言っているが、親が悲しむ姿を一番近くで見ていたのが弟だ。僕のことで父と母が喧嘩をすることもしょっちゅうだったと聞いている。そういう意味では、最も客観的にダルビッシュ家を語れるのは弟だと思う。

兄である僕らの影響なのか、そんな弟もよく地元でバイクを乗り回したりしてヤンチャをしていた。

最終的に弟は東京の高校に通うことになるのだが、まだ羽曳野にいたころは僕も心配で厳しく接していた。彼の悪友たちに「もう弟とはつるむな」と怒ったこともあったし、これは今では笑い話だが、街で悪さをする弟を車から見つけて叱ろうとしたら、そっちに夢中になりすぎて事故ってしまったこともある。

自分のようにはなってほしくないという思いが強すぎて可愛い弟に対する愛情がつい乱暴な形で出てしまうのは、僕の兄貴も一緒だったのかなと今となっては思う。

弟は優しいから、そんなダメ兄貴である僕のこともよく理解してくれていた。

「翔は悪いヤツじゃない」

いつもそう言って、僕のことをかばってくれていた。

ヤンチャな男が3人もいれば喧嘩もするし両親にも迷惑をかけっぱなしだが、家族の仲は決して悪くない。みんなのことが大好きだし、何かあれば一番に駆けつけて力になりたい。好き嫌いとかの問題を超えて、強い絆でつながった大切な家族だ。

弟は今、ガンが転移して闘病生活を送っている。そのことは自身のTwitterでも報告をしている。弟は立派な大人だから治療などに関しては本人の意志を尊重するが、僕は大切な弟のためにできることをなんでもするつもりだ。

イランの思い出

僕ら兄弟が幼いころは、毎年夏休みになると父親の故郷であるイランに行っていた。昔のことでよく覚えていないけど、確か韓国から飛行機を乗り換えて行っていたような記憶が微かに残っている。

父の実家は首都であるテヘランにあった。僕ら兄弟はおじいちゃん、おばあちゃんが住むマンションの下でサッカーで遊ぶことが多かった。たまに靴下を丸めたボールを使って近所の子どもたちと遊んだりもした。

接する人はみんなすごくいい人たちだったし、僕がまだ子どもだったからということもあるかもしれないが、いわゆるカルチャーショックみたいなものもそこまで感じたことはなかった。海外に行くというより、どこか遠くの田舎に遊びに行くという感覚だった。

ただひとつだけ、ホームレスの人がたくさんいて驚いたという記憶は鮮明に残っている。もちろん大阪にもそういう人たちはいたが、数が圧倒的に違った。

僕は彼らを見るたび、

「ダディ、ママ、あの人たちにお金あげてや」

と両親にせがんだ。

「ダメ。１回渡すと、その先もずっとあげなあかんくなるやろ？」

両親はいつもそう言って断った。

実は3年前くらいに、一度イランに足を運んだことがある。大人になって初めて、それも父なしでのイランだ。

当然、言葉は通じないのでそこが不便といえば不便だが、特にテヘランは街並みも綺麗で、人情もあるいい国だと思う。お酒を飲んではいけない、女の子と遊んではいけない、など宗教的なルールがあるので、すごく治安も良いと感じた。週末にデパートや広場に行くと、宗教的な儀式なのか、すごい数の人たちが歌っていたりする。あれにはすごく感動したし、その光景は今でも脳裏に焼き付いている。

また、子どものころは分からなかったいろいろなことが見えた旅でもあった。国柄というか、これもイスラム教が関係しているのかもしれないが、イランには男女間の格差というか、暗黙の了解みたいなものが多く存在した。

たとえば「女性はサッカー場に来てはいけない」といった決まりがあるのだ。

正直、この時代にそぐわないように感じるポイントもあったし、父ともよくイランのことについて議論を交わしたりする。ニュースを見て、それは間違っているのではないかと思うこともある。

しかし僕が口を出せるほど何もかも知っているわけでもないし、基本的に父の故郷でもあるイランはとても大好きな国だ。少なくとも日本のみなさんが漠然と持っているイメージよりはいい国だと思う。

しばらくコロナなどの問題で行けなかったが、また機会があればぜひ訪ねたいと思っている。

多動性のある子ども

母親からすると、僕はじっと座っていることができない、片時も目が離せない子どもだったという。「ここにしばらく座っていてね」と母親が言うと、僕は素直に「うん」と言うものの、少し経つと他のことをしているという感じだった。

小学校1年の時などは、先生が黒板に何かを書いた瞬間に脱走をしていた。捕まったらその時点で脱走ゲームは終了して、授業中は教室にいるが、また2時間目には同じように脱走を繰り返していた。

いたずらをしているというより、とにかくじっとしていることが難しかった。他のクラスメイトと同じように勉強に取り組むことはできなかった。いわゆる多動性のある子どもだったと思う。

そのエネルギーが衝動的に表に出てしまったのが、子どものころの暴力だった。特に記憶に残っているのは、保育園年長のときに僕と相性の悪いクラスメイトと喧嘩になって椅子で殴ろうとしたときのことだ。このときはさすがにいつもよりもすごく怒られた。

このクラスメイトは僕とはとことん性格が合わなかった。頭が回って作戦を練るタイプで、僕とは正反対だ。小学校に上がっても、そのクラスメイトは仲間と群れて、僕のことなどをこそこそ話している。頭に来てそいつをシバくと、僕だけが悪者になって先生やサッカーの監督に叱られる。

手を出した僕が悪いのは確かだが、心のどこかで「原因はどこにあるのか」「僕だけが本当に悪いのか」と納得がいかない部分があった。この感覚は後年までずっと続く。

ここまでやってしまったら自分が悪くなる、ということはわかっている。しかし、自分だけがやり玉にあげられたり、煽られたりすると「もうええわー、おれ、悪者でもええわ」という気持ちになってくる。

僕は自分の起こした事件でさまざまなメディアを賑わせることになるが、そのときも同じだ。悪いことをすれば真偽不明の情報を引っ張ってきて必要以上にバッシングをする。しかし、良いことをしてもメディアは取り上げない。

だけど、幼いころからそういうのが当たり前だと思っているので、メディアの姿勢を見ても「オッケー、オッケー、あんたらはそうだよな」という感覚になるだけだ。

スポーツ一家

ダルビッシュ家はスポーツ一家で、僕は小さいころからサッカーをやっていた。父が大のサッカー好きで、本当は兄貴にもサッカーをやらせたかったらしい。小学校の低学年から始めて、6年生になるまでは結構真面目にやっていた。僕は身体も大きかったし、サッカーの才能もなかったわけではないと思う。父も、「翔が一番才能あるで」と応援してくれていた。

しかし、そんなサッカーは小学校の段階で自分の限界を感じていた。スポーツをやっていた人は分かるかもしれないが、「どうしたってこいつには敵わない」という才能を持っているヤツがチームには何人か出てくる。

サッカー自体は好きだったが、どうせ一番にはなれないだろうという感覚が強くなり、僕のなかの情熱は失われていった。

そして決定的だったのが、中学1年生のとき。僕は膝に怪我をして、それをきっかけにどんどんサッカーから離れていくようになった。厳しい父は「始めたんなら中学3年までは絶対に続けろ」と言ってきていたが、僕はそれが嫌で外に出て遊びまわるようになり、ヤンチャをするようになっていった。

第2章　〝悪名〟のはじまり

不良生活

サッカーをやめた僕は、どんどん不良仲間と遊ぶようになっていった。毎日のように誰かの家に溜まり、外に出ては悪さを繰り返した。

当時よくやっていたのが、マウンテンバイクのサドルを盗んでくるという遊び。このサドルが、原チャリのサドルのキーボックスにピッタリとハマるのだ。そうやって手に入れた原チャリで街をウロウロして、金もないので食い逃げをしたりコンビニの弁当を盗んできて食べたりしていた。

喧嘩もよくやった。

喧嘩というのはどこまでエグいことができるかが勝負だと思う。あいつにやられたらヤバいと思わせるのが大事だということを一番考えて行動していた。

「あいつが強いらしい」

そんな噂を聞くと、僕が先頭になってそいつのところに攻め込んでいった。

あとはもう、周りが全員ドン引きするくらいめちゃくちゃに暴れるだけだ。正直全然相手にならなかったし、実際僕が暴れれば誰も止めることはできなかった。

そこで相手を徹底的にボコボコにして見せつけてやれば、あとは周りが勝手に噂を広めてくれる。自分のところに噂が戻ってくるころには、とんでもなく話が大きくなっていることもしょっちゅうだった。

そして、目一杯膨らんだ期待を超えるためにまた次の喧嘩でめちゃくちゃに暴れる。毎日、その繰り返しだった。いつの間にか、僕に喧嘩がらみのトラブルが降りかかることはなくなっていた。

羽曳野だけではなく、ほかの街にも当たり前のように喧嘩をしにいった。羽曳野の中学校は全部締めていたし、僕自身も物足りなくなっていたのだ。仲間や後輩がやられたと聞いたら、それを口実に遠征して喧嘩をしていた。しかし羽曳野を出ていっても、僕たちの相手になるようなヤツはそうそういなかった。

「翔が暴れたら空気が変わる」

いつの間にか羽曳野の外にまで、そんな噂が轟くようになっていた。

最終的には「1人でやるか、全員でやるかどっちゃねん」と詰めただけで「ごめん」と謝ってしまうようなヤツまで現れた。

そんな中で僕の一番の悪友でありパートナーだったのがアライという男だ。

彼とはそんな喧嘩ばかりの中学時代に知り合い、今でも会って遊んだりする仲だ。

グレた理由

周囲から見れば完全にグレていた僕だったと思うが、僕にそんな意識はなかった。小学校低学年のときにサッカーの練習に母親に送ってもらっているときと同じ感覚のままだ。

ただ、大人になれば変わらないといけないのに、僕は小学生のときのままの感覚で生きてしまった。小学生のときは周りが守ってくれていたが、自分自身の力も強くなったり、法律も厳しくなってきて、はみ出してしまうようになったのだと思う。小学生のときはただ反発していただけだったのが、中学生になったらそれが犯罪になったのだ。

ウチは父親が厳しく、しつけの一環として手が出たり、取っ組み合いをするようなこともあった。

「友達と縁を切りなさい。友達に巻き込まれているんだよ」

父親はそう言うが、僕は心の中で「いやいや違うって。俺が悪いねんて」と思っていた。僕は友人のアライとともにしょっちゅう家出をするようになっていった。

それでも兄貴が家にいる間はある程度ブレーキがきいていた。今でも忘れないのは、中学1年生のときに家出をして先輩のところにいたときのことだ。兄貴から電話がかかってきて、とても優しい声で「俺が話をしてやるから帰ってこい」と言う。兄貴がそう言うならということで帰ると、すさまじい迫力の兄貴と父親が待っていた。騙されたと思ったときは遅かった。

「お前、調子に乗るな、こら！」

そう言われて兄貴にシバきまわされた。その後、東北高校に進む兄貴としては、僕の今後を心配してくれていたのかもしれない。


案の定、兄貴がいなくなってから歯止めがきかなくなっていった。中学2年生になったら家に帰らない生活が増えてきた。うちは門限もあったり、煙草を吸ってはいけない、髪を染めてはいけない、というルールがあった。すべて破っている僕が帰って許される家ではなかった。

アライをはじめ、そんな友達が多いから「親に迷惑をかけられない」なんて口にすることはできない。悪事を働くにしても「誰がやんねん？」という話になったら、率先して「俺がやる」と口にする。ビビってないことを見せなければならないという不良少年特有のノリだ。

そしてよく考えれば問題だと思うのだが、義務教育であるはずの中学校に「来てはダメだ」と言われていた。僕が学校にいけばトラブルになるから、学校側としては来てほしくないのだ。中学2年生の終わりぐらいから、先生が毎日家に来て話すようになった。そこで母親とかわす会話もなんの意味もないものばかりだったという。形式上、通わなければならないからやっていただけのことだったのだろう。僕はそういう大人の都合も全部冷めた目で見ていた。

中学生で人生初めての逮捕

僕が初めて逮捕されたのは、中学3年生の夏だった。喧嘩三昧の生活をしていた僕にとっては、もはや時間の問題だったように思う。

当時、僕はもう退部していたけど、サッカー部の後輩が髪を染めたことがバレて退部になるという話があった。ルールを破ったその後輩が悪いのかもしれないけど、なにも退部にまでさせる必要はないのではないか？　僕はそう思って、先生に直接抗議をしに行った。

しかし、先生の対応はかなりナメたものだった。

「髪染めたくらい許したってくれや」

そう訴える僕に対して、「ハイハイ」という感じで笑って受け流そうとしたのだ。僕は猛烈に腹が立った。

一度頭に血が上ってしまうと、歯止めが利かない。先生にハイキックを食らわせたりしてシバいてしまった。そしてさらに翌日、同級生を2階から突き落とそうとしてしまった。立て続いた2つの事件はさすがに「中学生のヤンチャ」では済まされない。

とうとう僕は逮捕された。人を逮捕することができる最少年齢である14歳のときの話だ。

そしてこの逮捕によってこれまで噂レベルだった〝悪名〟が世間公認のものとなった。だが、僕自身の中では後輩のためにやったことという意識もあったし、悪いことをしたという気持ちにはなれなかった。

同級生とは示談したが、先生はあえて僕と示談しなかった。僕を反省させようという思いがあったのだろう。僕は学校に戻ることはできなかった。考えてみればそれはそうだ。先生に暴行した上、同級生を2階から突き落とそうとするようなヤツを学校に置いておくわけにはいかない。僕は福井県にある「はぐるまの家」という保護施設に入れられることになった。

はぐるまの家のHPでは施設のことをこう説明している。

福井県越前市(旧武生市)にある青少年保護委託自立支援施設です。いくつかの経験を経て、ADHDをはじめとする障がいを持つといわれる子どもたちや、様々な境遇を生きてきた子ども達と共に家族のような生活を送りながら和太鼓演奏による慰問や公演活動によって子どもたちの情操教育に寄り添う役割を担っています。

はるぐまの家のある福井県に父親が運転する車で着いた。大きなスーパーマーケットに寄って買い物をすることになって、父親と母親は店に入っていった。車に1人で残った僕は脱走してやろうと思っていたが、そのことに気付いた2人はすぐに戻ってきた。

そして母親は「一緒に死のう」と言って泣き出した。母親は真面目に生きてきて僕をどう育てていいのかわからずに苦悩していたのだろう。僕のことをわかろうと一生懸命やってくれているのは伝わっていたが、僕からしたら「もうええって。そんなんじゃないから」という感じだった。

施設での生活は、とても楽しいとは言い難いものだった。15人くらいで共同生活をして、朝起きるとすぐに和太鼓の稽古に取り組んだ。その施設は老人ホームなどに慰問で訪れ、和太鼓を演奏して楽しんでもらうという活動を行っていたからだ。

施設には不良だけではなく、いじめられて学校に行けなくなったような子もいた。和太鼓の演奏で、タイやバングラデシュにも行った。施設の近くにあるお寺さんの住職が保護司をしていたので、2週間に1回くらいのペースで通って座禅を組んだりもした。

　今思えばこれもいい経験だし、こういう施設に入れてもらえる時点で僕は恵まれている。親がいなくて入れない人もたくさんいるからだ。

　しかし、ただのクソガキでしかなかった僕にとってはすべてが苦痛でしかなかった。何度も脱走しようかと思ったが、きっと後でもっと重いペナルティをくらうことになるだろうなと考えてなんとか踏みとどまった。

　また、調査官がやってきて僕にこんなことを言う。

「ダルビッシュ有の弟だからツラいんじゃないか」

「お兄さんがすごいと大変だよね」

「小さなころ、お父さんとかお母さんが英会話教室をやっていて夜あまりいないから寂しかったのかな」

　僕の目には彼らが大人がほしい言葉だけを探しているように見えた。子どもには子どもなりの事情があるのだが、彼らはそういう見方はせずに、単なる子どもとして接しているように感じていた。

そんな生活が7カ月ほど続いた。

毎日が退屈で仕方がない。どうすればこの生活を豊かにできるかということではなく、早く出られないかなと頭を悩ませることしかできなかった。

ずっとこの施設に入っていたので、僕は中学3年生の間ほとんど学校で過ごしていない。気付いたときには卒業式の1週間前になっていた。

卒業式は中学最後のイベントだ。学校には友達もいるし、僕も彼らと話したい。思い出を作るという感じではないが、中学生活にケジメをつけたいという気持ちもあった。卒業式にはどうしても出たかったので、なんとか施設を出してもらえるように施設の先生に頼みにいった。

「もう真面目にしますから」

そう言って先生に頭を下げた。それなら卒業式だけはということで、なんとか許しをもらうことができた。それ以外は一切学校に顔を出さないという条件付きだ。僕は特攻服を着て卒業式に出た。

だが、周囲の反応は冷ややかだった。

「翔が帰ってきた」

「また地元が荒れてしまう」


同級生や保護者たちの怯えるような、迷惑そうな視線が痛かった。

僕の存在は彼らの中で、近所の悪ガキという枠を超えて、逮捕されて施設送りになった悪人のように映っていたのかもしれない。

「それならこっちだってとことんやってやる」

ガキだった僕はそんな風に考え、またそこからどんどん悪さをするようになっていく。

高校を無期停学

中学を出て、僕も一応高校に進むことになった。お世辞にも治安が良いとは言えない、不良だらけの定時制高校だ。結論から言うと、僕はこの高校から入学わずか1週間くらいで無期停学をくらってしまうことになる。

きっかけは、はっきりとは覚えていないほど些細なことだった。

同級生が僕の挨拶を無視したとか、そんなつまらない理由だったと思う。僕はその同級生をボコボコにシバいた。周りにいた人間も巻き込んで、徹底的にやった。当然これが大問題になり、僕は無期限の停学を言い渡されることになったのだ。

学校には行かなくても、外に出てヤンチャはする。僕は夜な夜な不良仲間たちと集まって、バイクで暴走行為を繰り返していた。僕らの時代にはいわゆる「暴走族」みたいなしっかりとしたチームは無くなっていたけど、まあ似たようなものだ。今で言う「半グレ」に近い存在なのだろうか。

このころの僕は正直楽しければなんでもいいし、学校や社会なんてどうでもいいと思っていた。

ある夜、いつものように仲間と走っていたときに、大事件が起きた。走っている僕らのなかに、見慣れない集団が割り込んできた。よく見ると、どこかの右翼団体のメンバーのようだ。

「返さんかいコラァ！」

とか、そんなことをこちらに言ってくる。

なんのことかまったく分からなかったが、当時の僕はとにかく暴れられたら理由なんてなんでもよかった。向こうが喧嘩をふっかけてきているのは明らかだ。それなら喜んで相手になってやろうということで、すぐに大乱闘が始まった。人が多過ぎて、誰が敵で誰が味方かもよく分からないような状態だった。

この時の喧嘩で僕は相手に向かってバットを振った。本当は怖くて目をつぶって振ったのだが、それが相手の頭に当たって怪我をさせた。そのことがのちに、無茶苦茶やるヤツということで伝説になった。

噂はどんどん大きくなっていく。本当は怖くて目をつぶって殴っているのに帰ってきたら不良少年の中では英雄扱いだ。僕としては「帰ったら自分の周りの環境はどうなっているんだろう」と不安でいっぱいなのに、「伝説のヤンキーが帰ってきた」という態度でみんな接してくる。「ヤバいやつが帰ってきた」と言われれば、おれはそんなにヤバいやつじゃないのにと内心で思いながらも、大きくなってきた噂に勝たなければならない。

同級生が相手にならないんだったら年上がターゲットになる。それも相手にならなかったら、その上へ、という感じでエスカレートしていく。自分と周りの人間がつくった噂が独り歩きして、それに負けられないという感じだった。

このときの喧嘩で現場は荒れに荒れ、当然僕たちは警察に連行された。捕まって詳しく話を聞いてみると、どうやら向こうは僕たちが単車を盗んだということで腹を立てていたらしかった。僕はまったく知らなかったのだが、仲間がどこかで右翼団体のバイクを盗んでいたのだ。「返せ」というのはそのことだった。非はこちらにあったわけだ。

とにかく怪我人もたくさん出るほど大規模な事件だったことは間違いなく、この件がきっかけで僕は人生で初めて少年院に入ることになった。

荒れていた頃の僕(左)と、先輩の谷ヤン(右)

厳しい少年院で学んだこと

僕が押送(おうそう)されたのは、京都にある宇治(うじ)少年院だった(現在は閉鎖)。関西では一番しんどいことで有名な少年院だ。

中での生活は、ほとんど軍隊と言ってもいいほど厳しいものだった。自由に会話をすることも許されなかったし、毎日運動の時間は腕立て伏せやスクワットを何百回もやらされた。水泳の時間には「足つくな!」「甘えとんのか!」と厳しい声が飛んだ。僕の人生で一番頑張った時期で、変な言い方だがある意味僕の青春時代だ。

お世話になった先生もたくさんいる。

たとえばI先生は厳しさと優しさを兼ね備えた、本当に良い先生だった。I先生はいつも僕に試練を与えてくれた。それは「腕立て伏せ100回」とか本当に厳しいものだったけど、僕が頑張って達成すると涙を流して喜んでくれた。

少年院の中でも問題児だった僕のことをとにかく気にかけてくれて、こっそり読書室に連れていってくれて話をさせてくれたこともよく覚えている。

先生には当時4、5歳くらいのお子さんがいた。

「いつも仕事で帰りが遅いから、早く飯食わせてって息子に怒られんねん」

困ったように笑う先生の顔が印象的だった。

生活を犠牲にしてまで、どうしようもない僕たちに尽くしてくれていたということだ。とても大きな愛情を感じたし、僕もI先生のことを思うときつい少年院の生活もなんとか乗り越えようと思うことができた。

他には、K先生のこともよく覚えている。一番厳しかったが根は一番優しい人だ。役割を与え、集団をうまく回していくのが得意な先生だった。

少年院には「週番」と呼ばれる、いわゆるリーダーのような役割が存在する。通常は2週間に1回のペースで交代するのだが、僕はその週番を4カ月も連続でやらせてもらった。

今思えば、問題を起こして懲罰房に行くことも多かった僕に対して、集団を率いるための広い視野や責任感を身に付けさせようとしてくれていたのかもしれない。結果的に、僕はリーダーとしての自覚を持って行動できるようになったように思う。

少年院での生活は厳しかったが、だからこそ感謝もあった。今の日本は何事に対しても甘い社会になっているかもしれないが、最終的にそれでは生きていくことはできない。厳しさに直面することで学ぶこともあるのだ。

しかし、この少年院で僕はまたやらかしてしまう。

少年院での大事件

少年院に僕は約2年間入っていた。みんなをまとめるリーダーとしてうまくやっていたが、出院（しゅついん）が間近に迫った最後の最後で僕は大問題を起こしてしまう。

出院の3カ月ほど前になると、「出院準備」と呼ばれる期間に入り他の寮に移ることになる。そこでは「自分で考えて行動するように」ということで多少は周りと話ができたり、それまでよりは融通が利くようになる。僕は、そこでハメを外し過ぎてしまった。

周りからも慕われ良いポジションにいた僕は「地元どこ?」「あいつ知ってる?」といった感じで周りを巻き込んで仲良くなり、紙やティッシュに連絡先を書いて渡したり、こっそりメッセージのやり取りをするようになった。もちろんすべて禁止行為だ。

いよいよ出院まで残り2週間というところまできたころだった。ある朝起きたら、周りの部屋のドアが全部外されており、僕以外誰もいなかった。それまでの不正行為がすべてバレてしまったのだと一瞬で悟った。

そのまま一斉調査ということになるのだが、周りはみんな僕の名前を出す。僕がけしかけていたことは間違いないし、認めざるを得なかった。結局僕が黒幕ということになり、責任を取らされることになった。

本来であれば髪の毛も伸ばせる時期ではあったが、僕は五厘刈り。みんなの前でお別れの言葉を述べて見送ってもらうこともできず、裏口からこっそりと出ていくという形で僕の少年院生活は終わった。

兄貴の活躍

そのころ兄貴はすでに地元を出てプロ野球2年目で、誰もが認めるスター選手だった。

一方で僕も有名なワルだった。特に羽曳野での僕の扱いは、「ダルビッシュ有の弟」という感じではなかった。「ダルビッシュ翔」としてある種確立された感があった。とにかく兄の名前に甘えず、僕は僕として好きに生きていこうと思っていた。

数々の逮捕も少年院も、いわばその結果だった。僕は不良になろうと思ったことは一度もない。言ってみれば自分の好きなことがたまたま悪いことだっただけなのだ。

少年院にいる間、僕は高校にはもう戻れないし、適当にヤクザにでもなろうかと思っていた。

普通であれば少年院を出た後は、保護観察と呼ばれる期間を過ごす。定期的に保護司さんと面談をしながら、更生に向けて頑張っていきましょうという期間だ。正直それは窮屈だし、僕は前向きな姿勢を見せなかった。

そんな僕の様子を見た両親はこのままではいけないと思ったのか、僕に「アメリカの高校に行かないか」という提案をした。アメリカと言っても、アリゾナ州の山奥にある田舎の学校だ。

そこには、アメリカ中からさまざまな理由で学校に行けなくなった生徒が集まっているということだった。まあ言ってしまえば、学校というよりは保護施設に近いのかもしれない。両親にしてみればプロ野球選手としてスターになっていく兄貴のことを僕が邪魔してはいけないという考えもあったのだろうし、僕もそれは分かった。

その学校の資料を見せてもらうと、緑が多く、開放的な空間で身体を動かしたりもできるということだった。正直、縁もゆかりもないアメリカに行きたいはずがない。しかし、その学校に行くならば少年院を出してあげるという条件だった。

狭い居室に押し込まれているよりはいいし、日本を離れて、どこか遠くへ行ってみたいという漠然とした気持ちもあった。僕はアメリカ行きを決めた。

少年院を出てすぐにパスポートを取りにいった。父親が運転する車の助手席に乗って、長渕剛の「HOLD YOUR LAST CHANCE」を聞きながら無言で窓の外を見ていた。

こんなにツラいのは自分だけだ、親なんかにわかるはずがない。

自分がしたことを棚に上げてツラくなって泣いたことを覚えている。

その後、アメリカに父親と2人で渡った。親戚のところに何日か泊まらせてもらって父親と一緒にグランドキャニオンに行った。

アメリカの学校の寮に到着して、父親が僕に「またな」と言った。僕は振り返らずに寮に入っていった。

父親は今でも「あのときの後ろ姿はさびしかった」と言っている。今、僕が自分の子どもを送り届けるとなっても、同じ気持ちになっただろう。親は親なりに一生懸命考えてくれて、なんとか変わってほしいという思いから行ったことだ。だが、子どもだった僕にそんな気持ちが分かるはずもなく、アメリカでの生活に不安を感じていた。

第3章　アメリカでの洗礼

アメリカでの寮生活

大自然が広がる、とても大きな学校だった。入口の門から校舎まで、車で30分ほどかかる。新しい環境だし、両親の影響で多少のリスニングはできたが、満足に会話ができるほど英語が分かるわけでもない。手にした電子辞書だけが頼りだった。

中には、本当にいろんなヤツがいた。

僕のように悪さをして学校を退学になったヤツももちろんいたし、逆にいじめられて学校に行けなくなったというパターンの生徒もいた。とにかく理由が何であれ、学校という枠に収まることができなかった子どもたちが集まる施設だった。

学校は全寮制で、寮によって格差というか、「ここの寮生には逆らえない」というような暗黙のルールがあった。なかでも絶対的な地位にいたのが、「ナバボ」という寮だった。他の寮からはかなり離れた場所に、隔離されるようにナバボ寮はあった。

そこには、日本とは明らかにスケールの違う不良たちが集まっていた。身体も大きいし、やってきた悪さもケタが違う。なかには、「あいつは何人も殺している」という噂がささやかれているようなヤツもいた。もはやギャング集団だ。彼らはスポーツもできたので、女子からもモテていた。

ナバボのヤツらは、学校の敷地の中でタバコや酒、そしてマリファナを売り捌いていた。

成績の良い生徒は定期的に外の街に買い物に行く機会が与えられるのだが、そのときに女子寮の子たちを使って品物を仕入れてくるのだ。仕入れた品物は、たとえばタバコなら1本2000円くらいで取引されていた。それでもみんな買っていたし、僕もその1人だった。

言ってみればこのような施設に入れるという時点で、みんな結構裕福な家庭の出身なのだ。

秘密のキャンプ

校風は、日本に比べてかなり自由なものだった。自然の中で社会に復帰するために頑張っていきましょうという施設だったから、それも当然だろう。先生も僕たちをガミガミ叱るというようなことはなく、どちらかというとカウンセリングのような感じで優しく話を聞いてくれた。

ただもちろん、禁止事項も設けられていた。タバコやマリファナは言うまでもないが、生徒間の喧嘩などもＮＧ項目に含まれていた。

違反がバレると、生徒にはポイントが貯まっていく。学校ではそのポイントがある一定まで貯まると、２、３カ月ほど「秘密のキャンプ」に連れていかれるという噂があった。

このキャンプについては、すべてが謎に包まれている。

なにせ、帰ってきたヤツらは全員抜け殻のように静かになってしまって、何も語りたがらないのだ。それこそナバボにいたアジというヤツも、キャンプに連れていかれたことがあった。

　アジは学校の草刈りのおじさんを巻き込んでマリファナを仕入れ、学校内で売り捌いているような悪いヤツだった。そんなアジですら、キャンプから帰ってきたら人が変わったように静かな男になっていたのだ。

「過酷な山登りを長時間やらされるらしい」

「更生すると言うまで拷問が続くらしい」

　あまりの得体の知れなさに、生徒のなかではそのような噂がまことしやかにささやかれていた。

アメリカでののし上がり方

　最初こそ知らない文化や環境に面食らったが、僕はそれで心が折れるようなことはなかった。電子辞書を片手にあちこち動き回ってコミュニケーションも取ったし、授業にも食らいついた。なんとかこの学校でも楽しんでやろうと目論んでいたのだ。

僕がこの学校でのし上がったきっかけは、ふたつある。

ひとつはスポーツだ。

学校のカリキュラムで「スポーツを通して更生への学びを得ましょう」という時間があった。今回は野球、次はサッカーという感じで3カ月ごとに競技を変え、レクリエーションのような形でスポーツを楽しむ。

僕はサッカーをやっていたし、そもそも運動全般に自信があった。アメリカ人ほどではないが、身体も比較的大きい。あらゆる競技で活躍し、少し経ったころには「翔を出せ！　翔を出せ！」という声も上がるようになっていた。

そしてもうひとつが、暴力だ。

学校生活では、誰もがポイントをやり繰りしながらできるだけ楽しく過ごせるように立ち回る。タバコやマリファナのやり取りは裏でこそこそやればいいが、ムカつくヤツを締めようとしてもなかなか派手な暴力沙汰は起こせない。

しかし僕はそこの捉え方が少し違った。特に入学して最初のころはポイントなんか関係ないと思っていて、仲間から「あいつを締めたい」と聞けば代わりに出ていって僕が顔面をシバいたりしていた。

さすがにナバボのヤツらは別だったが、アメリカ人の喧嘩とは言っても基本的に大したことはなかった。次第に「翔はやるヤツだ」という評価が高まっていき、学校内での僕の地位も確立されていった。

そんなある日、僕は急にナバボに入ることになった。当時、先ほど述べたアジがキャンプ帰りで大人しくなりナバボを抜けたので、枠がひとつ空いていた。その枠に誰を入れるかという話になったときに、僕に白羽の矢が立ったというわけだ。ナバボのヤツらが先生に口を利いてくれたらしく、僕はメンバーの一員になることができた。

ナバボの恒例行事として、新入りは初日にボコボコに殴られるという決まりがあった。もちろん僕も例外ではない。呼び出されてひたすらボディを殴られた。顔を殴ってしまうと傷が目立って先生にバレるので、みんなボディを攻撃するのだ。

僕の身体は見事に痣だらけになった。日本で言うところの「可愛がり」というか、まあ通過儀礼のようなものだ。とにかくこうして、僕の学校でのポジションは確固たるものになっていった。

最初は不安だった英語も単語をつなげてやり取りしていくうちに話せるようになってきて3カ月で結構覚えた。スーパーにいってもお金の出し方がわからずに、大きな紙幣で支払ってそこから引いてお釣りをもらっていたことからすると大きな進歩だ。

女の子との電話

僕には日本に残してきた彼女がいた。何を隠そう、後に僕の妻になる人だ。

そんな彼女と直接繋がれる手段が、この隔絶された学校にひとつだけあった。

電話だ。

　学校のパソコンを使ってメールをすることもできたけど、アメリカのパソコンには「かな」が入っていないので文章がすべてローマ字になってしまう。友達に対してはそんなローマ字の読みにくいメールを送ったりもしていたが、やはり彼女とは電話で直接話すのが一番だった。

　学校の電話は自由に使うことができたが、1人15分までという決まりがあった。電話が置いてあるブースに行き先生に番号を伝えると、そこに電話をかけてくれるというシステムだ。僕は結構寂しがり屋なところがあるので、当然15分だけでは足りない。そこで僕はいいことを思いついた。

　仲間の中には、一切電話を利用しないというヤツもたくさんいた。そいつらが使っていない15分枠を使って、僕が不正に電話をかけまくればいいのではと考えたのだ。事前に伝えた番号を僕の代わりに仲間に伝えてもらえばいいし、見回りが巡回しているということもなかったので簡単だ。

　しかし結論から言うと、そんなに簡単にはいかなかった。僕の不正はバレまくって、どんどんポイントはかさんでいった。

そのときは暴力沙汰のポイントもかなり貯まっていたので、僕にもいよいよ「秘密のキャンプ」に連れていかれる危険性が出てきたわけだ。このままではマズい。僕はまた何か策を練る必要があった。

綺麗事で寮生活を脱出

ワシントン州・シアトル。アメリカでも有数の大都市の近くに、スポケーンというところがある。こちらもそこそこ大きな都市で、アリゾナとは比べ物にならないくらいの大都会だ。

そんなスポケーンに、父の妹が住んでいることを思い出した。この線をたどれば、学校から脱出できるかもしれない。僕はすぐさま実家に電話した。

「また別のところで学んでみたい」

「今度こそ真面目に勉強する」

思いつく限りの綺麗事を並べて、両親を説得した。

話し合いの結果、僕はなんとかスポケーンの学校に移してもらうことに成功した。

アリゾナの学校もそこにいた仲間たちも好きだったが、こうなってはもうどうしようもなかった。結局逃げるように出てきてしまったから、みんなとはまともなお別れができていない。

スポケーンの学校はゴンザガ大学の中にあるＥＬＣ（イングリッシュ・ランゲージ・センター）だった。英語力向上のための語学学校で、ここには日本人や韓国人のコミュニティもあった。日本語も使えたし、日本食もあって困らなかった。

僕が仲良くなったのはサウジアラビアの生徒たちだった。

本来、サウジアラビアと僕のルーツの１つであるイランはあまり関係がよくない。しかし、一般市民レベル、ましてや学生レベルではそんなことは気にならない。

フッカーと呼ばれるシーシャのような水タバコを吸ったり、パーティをしたりして毎日のように遊んでいた。

印象的だったのは、そのグループにいた兄妹の妹の方を、他のメンバーが見たとか、ほほ笑んだとかいう理由で殴り合いの喧嘩になったことだ。目を何秒以上見てはいけないという戒律が原因だったらしい。

スポケーンに滞在したのも4カ月ぐらいで、その後はシアトルに移った。こらえ性のない僕の性格がここにもよく出ていると思う。

結局、「アメリカで更生できたか?」と聞かれると、とてもじゃないがYESとは言えない。だけど僕の人生にとってすごく印象深い、忘れられない期間だったことは間違いない。

中学の卒業式に出してもらえるように頼んだときも、少年院時代も、そしてアメリカに来てからも、僕は何度も何度も「真面目にやる」という言葉を口にしてきた。

その言葉に嘘はなかった。母親父親に申し訳ないという気持ちは本当だし、真面目にやりたいという気持ちも本当だ。

だが、子どもだった僕は実際にそれを実行することができなかった。仲間と会えば楽しいし、「翔ならもっと無茶するはずだ」という声があれば、それに負けられるかと思って、悪さをエスカレートさせてしまう。結局、そのときの感情に流されてしまっていた。

そのことに気付いたのは、本当につい最近のことだ。

アメリカにいたころの僕は、まだまだそんなことはお構いなしに自分の好きなことを好きなだけやっていた。そしてそんな悪事は、日本に帰国してからもなお続くことになる。

第4章　相次ぐ逮捕と東京生活

最初の結婚

帰国した僕は18歳になっていた。そして僕は1回目の結婚をした。相手はアメリカから電話をかけていた女の子とは違う女性だ。

妻のお腹には子どもがいた。しかし、僕はそれに構わず、相変わらず好き放題の生活を続けていた。

新しい家庭など顧みずに、薬もやったし、バイクでの暴走行為もやった。そんなある日、僕はまた事件を起こして警察のお世話になることになった。僕が初めて週刊誌で取り上げられたのも、このときだ。

兄貴はプロ野球選手としてスター街道をひた走っていた。それに対して僕は自分の小さな世界で〝悪名〟を響かせることしかしていない。

このころの僕の生き方について「兄貴との境遇の違いがそうさせたのか？」と聞かれることがある。だが、それは違うとはっきり言っておきたい。僕は兄貴と自分を比べていたわけではないし、自分を卑下していたわけでもない。そのころの僕は悪いことのなかでしか楽しさを見出せなかったのだ。未熟と言われてしまえばその通りだが、それが僕の偽らざる気持ちだ。

度重なる逮捕

通算何度目の逮捕だろう。帰国してからはこのとき以外も何度か逮捕されているし、今となっては正確な数は分からない。メディアではよく逮捕歴11回と書かれるので、きっとそうなのだろう。そんなことも分からなくなるぐらい無茶苦茶な時代だった。

僕は鑑別所に行くことになった。鑑別所というのは、要は少年院に入るまでに保護される施設のようなものだ。

「また少年院行きか……」

もはやすべてがどうでもよく、漠然とそう考えていた僕に手を差し伸べてくれたのが父親だった。

父の知り合いに、団野村さんという方がいる。

当時楽天イーグルスの監督をされていた野村克也さんの息子さんで、東京の方でプロ野球選手などアスリートたちのマネジメント会社を経営しているという話だった。

息子に新しい道を切り開いてほしいという思いからだろう、父は団さんに「翔を預かってくれないか」ということで直接掛け合ってくれた。

そしてありがたいことに、団さんは父の申し出を受け入れてくれた。僕は妻と一緒に東京に出て、団さんのもとで働くことになった。

東京での仕事

最初は、挨拶回りからだ。スポーツマネジメントのスタッフとして上司にくっついて回り、各チームの選手やトレーナーの方々に挨拶して回った。その後は運転や雑用が僕の仕事になる。

だんだん慣れて現場の空気も分かってくると、今度は選手のブログ更新を代理で任せてもらえるようになってきた。試合の後で「今日の登板はどうでしたか」「改善点はありますか」などと選手にヒアリングし、文章にまとめるのだ。

急にマスコミのような仕事をやるようになって、もちろん慣れないことも多い。しかし野球業界も不良の世界と同じく厳しい縦社会で、とにかく上司に言われたことに必死に食らいついていくしかなかった。

恵比寿の格闘技ジムへ

昼間は忙しく働いていたが、夜は暇だった。

団さんが押尾学さんと仲が良くて、あるとき彼が通っていた恵比寿の格闘技ジムを紹介してもらってそこに通うことになった。経験はなかったが、軽いダイエットくらいの気持ちでトレーニングをするようになった。

その頃、ある人の繋がりでまた別の野球関係のマネジメント会社の社長を紹介してもらった。その社長が「石井館長を紹介してあげる」と言ってきた。当時、飛ぶ鳥を落とす勢いがあったK－1の創始者だ。

格闘技は全然詳しくないし何を話すのか分からなかったけど、とりあえず会いに行ってみることにした。場所は西麻布だった。館長は僕の身体を確かめるようにポンポンと叩くと、

「君はいい身体してるし、今すぐにでもK－1いけるよ」

と言った。

「いやいや僕はド素人なので無理ですよ」

と返すしかなかった。

しかし館長は強引に、

「とりあえずジムに連絡入れとくから」

と話を終わらせた。

後日館長は本当に連絡を入れていたらしく、館長が視察に来た。館長の方で

手をまわしたのか、なぜか報道陣も来た。当時兄貴はプロ野球5年目とかで絶好調だったから、マスコミからしたら格好のネタだったのかもしれない。たくさんのカメラの前でほとんどやったこともないシャドーボクシングやミット打ちをさせられた。

「ダルビッシュ弟、K−1デビューか?」

翌日の新聞にはそんな見出しが出ていた。

ダル弟が格闘家デビューか? 兄が明かす

日本ハム・ダルビッシュ有投手(22)の弟、翔さん(20)が近く格闘家デビュー?

4日夜、兄のダルビッシュがブログを更新。自身そっくりの弟の写真を公開し「前にもちょっと報道で出てたけど、格闘家デビューするかも?!」と明らかにした。

「初登場! の僕の弟です。似てるかな? 俺よりゴツいね。確実に…。

身長は182（センチ）で僕（196センチ）よりかは全然ちっちゃいけど」とうれしそうに紹介している。

翔さんはすでにK－1創始者の石井和義氏（56）とも会食するなど、デビューへ向けて準備を進めていると報道されていた。

ただし「まぁかなりの気分屋なんでどうなるかはわかりませんが（笑）」とふくみも持たせた。

（「日刊スポーツ」2009年8月5日）

冷静な団さん

僕がその件で右往左往しているとき、唯一僕のことを冷静に見てくれていたのが団さんだった。

「お前は利用されているだけだ。K－1はやめとけ」

と言われた。

実際、僕もそんなに乗り気ではなかった。喧嘩はたくさんしてきたけど、だからと言って格闘技に興味があるわけではない。自分には合わない世界なのではないかと思っていた。

しかし周りの空気的に、ここでやめますとは言えないような状況だった。僕は本格的に話が進んでもいいように、一応トレーニングをして身体を作っていた。当時１００kgくらい体重もあったが、最終的には80kgくらいまでには落とした。もちろん昼間は仕事をしつつという生活だったので、結構しんどかった。

睡眠薬の乱用

私生活の方はまた荒れ始めていた。

仕事に慣れてきていたが、それもある程度続くと今度はサボることを覚えるようになる。

当時僕はよく、睡眠薬を飲んでいた。別に不眠症だったわけではなかった。

睡眠薬を大量に飲むと、酔っ払ったようになって、どんどん気が大きくなってくる。その快楽に、僕は溺れていったのだ。シャブもマリファナもやったが、一番は睡眠薬だった。

このころは、仕事の連絡を無視して勝手に羽曳野に帰るなんてことも日常茶飯事だった。僕は地元の羽曳野に強い執着や憧れを持っていた。とにかく地元に帰りたいし、そこで友達と遊びたかった。

なぜかといえば、こういうことだと思う。

僕が羽曳野でヤンチャをしていたとはいっても、中学のときは施設に入っていたし、一度帰ってきても少年院に行き、そこを出た後はアメリカだった。帰国後は半年で事件を起こして東京に約3年行っている。羽曳野産だけど羽曳野で生活をしていない感じなのだ。だから、仕事を抜け出してでも、青春を取り戻すように帰りたいという心境だった。

実際帰ったとしても、祭りで喧嘩をしたり、友達とぶらっとしたり、薬をしたりでまともなことがなかった。この頃、自分が地元に帰ると、友達の親御さんたちの間では「どれだけダルビッシュの弟と関わらないようにするか」ということが話し合われていたという。

羽曳野でハメを外して遊んでいると、いつも団さんが直々に僕のことを迎えにきてくれた。こんな僕でも、しっかりと面倒を見続けようとしてくれていたのだ。

だけど当時の僕はそのありがたさにも気付かず、何度も団さんを裏切るような行いを続けていた。

離婚

上京してすぐ、僕たち夫婦の間には子どもが生まれていた。

だが、僕は仕事をしながら薬に溺れていたし、格闘技の話もあっていろいろと忙しいことになっていた。正直に言って家のことはまったく考えていなかった。

このころの僕は本当に無茶苦茶だった。金もないのに薬をやるから、家に金を入れるのではなく、家に金を取りに帰っていた。女関係もひどかったし、家の中で暴れて壁やドアをバンバン壊していた。

そんな僕を見かねて、妻は離婚を切り出してきた。僕らは別れ、妻は子どもを連れて大阪へ帰ることになった。

妻には逃げられ、身体は薬漬け。子どもにも会わせてもらうことができない。すべて自分が蒔いた種だということは分かっているが、とにかく僕はどん底だった。

仕事も何度も辞めようとしたが、その度に「ダメだ」と言われた。きっとそれは、僕をしっかりと働かせようとしてくれた団さんの愛情だ。僕が偉そうな態度をとっても同じ目線で喧嘩してくれた。

「お前が調子よくやってるのは兄貴がいるからだ。あまり勘違いして調子に乗りすぎるなよ」

団さんはいつもそうやって僕を叱ってくれた。

当時ガキだった僕はその意味がよく分かっていなかったし、なんなら「鬱陶しいな」くらいに思っていた。団さんはほとんど僕の第2の父親のような人だけど、とんだ親不孝者だ。

警察の訪問

東京で無茶苦茶な生活を送っていたある日、突然自宅のインターホンが鳴った。ドアの外には警察が立っていた。

「少しお話を伺いたいのですが」

「え、なんのことですか？」

驚いて聞き返すと、警察は僕にかかっている容疑を説明した。彼らが口にしたのは、2、3年前くらいの傷害事件のことだった。

警察が口にしたことは、確かに事実だった。でも、そんなに前のことを何で今さら？

疑問がぬぐい切れないまま、僕は逮捕され、強制的に大阪に向かわされることになった。

あとになって分かったことだが、このとき僕が昔の事件で急に引っ張られたのには裏の事情があったようだった。

単なる偶然なのかその真相は分からないが、当時、大阪にいた僕の周りの人間が相次いで逮捕されていた。昔からの友人のアライもその1人だ。どうやら彼らの取り調べを進める中で僕の名前が挙がってきたらしく、大阪府警の方で「なんとかダルビッシュを引っ張って来られないか」という話になっていたようだ。

つまり今回僕が逮捕された直接的な理由である数年前の傷害事件はあくまで僕を連れて来るための〝テイ〟であって、当時大阪で起きていたいろいろな傷害事件や薬物絡みのことを僕に洗いざらい話させようというのが本来の目的だったのだ。

大阪に連れ帰られいろいろと話を聞かれたが、僕は何も答えなかった。というか、答えられなかった。本当に何も知らなかったのだ。結局罰金を払うだけで僕は釈放されることになり、東京に戻った。

兄貴との食事

釈放された僕のところに弟の賢太から電話がかかってきた。しかし、出てみると電話の主は兄貴だった。

「おい、俺や」

僕は心の中で、うわーと声を上げた。怒られるのが嫌だから兄貴の電話には出たくなかったのだ。兄貴はオフシーズンで神戸に帰ってきていた。

「お前、予定キャンセルして、アライと一緒に神戸に来い」

兄貴は言った。僕はいろいろ言い訳をしたが兄貴はとにかく来いと言って譲らない。これは相当怒られることになるぞと覚悟をして、アライと２人で神戸に向かった。

用意されていたのは兄貴が気に入っていたハラミ料理のおいしい店だった。

兄貴、僕、アライの3人で、美味しいコース料理をいただいた。

しかし、兄貴は事件のことは一言も言わなかったし、触れることすらなかった。

「よぉ来たやんけ、お前」

と言われただけだった。

アライと「何も言われなかったぞ、なんやったんやろ」と話したが、不器用な兄貴なりに、僕たちのことを気にかけているぞということを伝えたかったのかもしれない。

兄貴はいつもそんな感じだった。

のちに兄貴がハワイで行ったパーティに出席したことがある。錚々たる野球選手たちも参加するパーティで、1人1人で顔写真付きで兄貴からのメッセージが流れる。僕の番になると、こんなメッセージが流れた。

「そろそろ真面目になってください。集中して野球もできません」

これには会場中が爆笑だった。

芸能界デビュー？

僕は東京に戻り、頭を下げてまた団さんのもとで働かせてもらうことになった。薬は辞められてなかったし相変わらず無茶苦茶な生活を送っていたが、なんとか仕事だけはこなしている状況だった。

逮捕されて少し大阪に戻っていたことが原因なのか、例のK－1の話はどうやら立ち消えになっていたようだった。

正直最初から乗り気ではなかったということもあり、僕の方から再び挨拶に行って頭を下げるというのは気が引けたし、向こうも僕にはもう関わらないでおこうと思ったのか、接触してくるようなこともなくなっていた。

そんな生活を続けていたある日、これもまた団さんの繋がりで僕はとある芸能プロダクションの社長と知り合うことになった。どこを見てそう思ったのかは分からないがどうやら僕に目を付けてくれたらしく、たまに事務所に呼ばれては台本読みのやり方やセリフの覚え方を習うようになった。

しかし結果的に、僕は芸能界デビューすることはなかった。

その事務所の社長にはすごくお世話になったし、今でもたまに連絡を取って話をしてくれたりする。だけど当時の僕はまだ半端者で、もし仮にデビューしても迷惑をかけ続けるだろうなということは明らかだった。

実際、無断で大阪に帰り仲間と夜通し遊んで、東京からの仕事の連絡などは一切無視してしまうようなこともしょっちゅうやっていた。そういうときはまた団さんが直接来て僕を連れ帰ってくれるのだが、とにかくそれくらいどうしようもない生活をしていたのだ。

芸能プロの社長にはすごく感謝をしているが、あのとき浮ついた気持ちで適当にデビューしなくて本当によかったと今になって思う。

何度言っても団さんの会社は辞めさせてもらえなかった。もちろんそれは団さんの愛情だったのだが、当時の僕には理解できていなかった。とにかく遊びたい、好きなことがしたいという一心だった。親にも相談して半ば強制的に大阪に帰らせてもらうことになった。

そして大阪で一度頓挫した格闘技への道が再び開けることになる。

第5章　格闘技に打ち込む

地下格闘技デビュー

父が兄貴のマネジメント会社を経営していたので、そこで1年ほど働いた。薬がやめられず、おかしくなってその会社もやめた。この期間に3、4回くらい捕まった。

仕事、薬物、そして度重なる逮捕……。

そんな生活をしていた当時の僕には、実はひとつ大きな軸となるものがあった。格闘技だ。

少し時間は遡って、大阪に帰ってきたてのころ。結局K-1デビューをすることはなかったが、ジムには通い続けていた。地元で「志道場」という道場を先輩が経営しており、

「大阪に戻ったら顔出しや」

と誘ってもらっていたのだ。

当時は格闘技ブームで、「自分もいけるんちゃうか」というくらいの軽い気持ちで道場に通い始めた。

道場には僕のように、道を踏み外した不良たちがたくさんいた。現在は違うが、当時は不良少年のための更生施設的な役割も持っていたのかもしれない。そのような少年たちのリングネームには必ず「Ｄａｒｋ」が付く決まりがあったので、僕のリングネームは必然的に「Ｄａｒｋ翔」になった。

あるとき、僕に「試合に出てみないか」という話がきた。詳しく聞いてみると、相手は一応経験者ではあるがそこまで強い選手ではないらしい。

「これなら正直楽勝ですわ。腕試しで出てみますわ」

僕はあまり深く考えず出場を決めた。

出場するのは、「ＦＩＧＨＴ　ＣＬＵＢ!!!」という名前のイベントだった。会場に入ると、金網に囲まれた狭いリングの中で殴り合う男たちの姿が目に入った。

「やれオラ！」

「殺せ！」

といった野次も聞こえてくる。典型的な地下格闘技の現場という感じだ。楽勝だろうと思っていたので、僕はほとんど練習をしていかなかった。せいぜい少し走って体力づくりをしたくらいだ。これまでやってきた喧嘩と同じように、相手を徹底的にボコボコにしてやればいいだろうくらいに考えていた。

格闘技の試合を見ていても、

「なんでそんなに寝技に逃げんねん」

「俺ならもっとガツガツいけるのに」

と思うことばかりだった。

しかしいざリングに上がってみると、街の喧嘩と格闘技はまったく別物だということが分かった。

「これはあかんわ」

最初の1分でそう気付き、頭が真っ白になった。自分の呼吸や、会場の声が遠のいていくのが分かった。完全に雰囲気に呑まれ、訳の分からないまま試合は終了。

僕は負けた。

敗北と勝利

記念すべき地下格闘技デビュー戦で、僕は大恥をかいた。自分の強さを、過信していたと気付いた。このままでは終われないと思い、僕は本気で練習を始めた。

リベンジのチャンスがきたのは、半年ぐらい後のことだった。イベントは前回と同じく「ＦＩＧＨＴ　ＣＬＵＢ!!!」。前回とは違う相手だが、絶対に勝ってやると心に誓っていた。

結果はＫＯ勝ち。それまですべてが中途半端で何も成し遂げたことのなかった僕にとって、この勝利はとても大きな達成感があった。きっと試合に勝つという目標がなければ、怠け者の僕に格闘技は続けられなかっただろう。

はじめは乗り気ではなかったが、きっかけを作ってくれた周りに対しては今でも感謝している。

THE OUTSIDER

2試合目を終え、身体的にも精神的にも正直かなり疲れていたが、ここから僕の格闘技人生はもう少し続くことになる。

当時、元プロレスラーの前田日明（あきら）さんが立ち上げた総合格闘技大会「THE OUTSIDER」が話題になっていた。元暴力団員やチーマーなど、いわゆる街の不良・喧嘩自慢を集めて戦わせるという大会だ。優秀な選手にはプロへの道も用意されていて、格闘技を通じて不良たちに更生を促すという大会理念も人気の要因のひとつだった。

そのOUTSIDERに、当時同じ道場に通っていた後輩の白川陸斗（りくと）という

選手を出してほしいという交渉をしていたときの話だ。向こうは、陸斗を出す代わりにある条件を出してきた。それが、

「ダルビッシュ翔を出すなら陸斗も出してもいい」

というものだった。

僕は正直かなり迷ったが、後輩のためということもあり渋々ＯＫを出した。ただし、僕の方からもひとつ「対戦相手は出田源貴（いでたよしたか）選手以外でお願いします」という条件を出させてもらった。

出田選手は60戦55勝５敗という驚異の戦績を誇り、「北九州の不沈艦」という異名を持つほどの強者だ。はっきり言って、この人にはまったく勝てる気がしなかった。

大会側も承諾してくれ、交渉はうまくまとまったかと思われた。

後日、発表された対戦表を見て僕はひっくり返った。何度見直してもそこには間違いなく「出田源貴　vs　Ｄａｒｋ翔」の文字があったのだ。話がまったく違う。しかしこうして既成事実を作られてしまった後では、こちらも動きにく

いのも事実だ。

名古屋を拠点にする格闘家・大倉利明さんには昔からお世話になっているが、大倉さんからは、

「翔君のことを思って言うけど、ダルビッシュという名前は大切にしたほうがいい。いきなり出田君とやるのは止めた方がいい」

と丁寧に助言をもらった。僕もまったく同意見だった。

しかし道場の会長だけは真逆の意見だった。

「やったったらええねん。行ってこい」

……会長にそう言われたら僕も行くしかない。渋々ながら腹を括って、僕は練習に打ち込むことに決めた。

元世界チャンピオンの先生にコーチをしてもらい、特訓を開始した。コーチが教えてくれたのは、ジャンピング・フックという技だった。その名の通り相手に飛び込んでいくパンチで、間合いを一気に詰めることができ、うまく決まればかなりの有効打になるとのことだった。

僕は3カ月間、ひたすらこのジャンピング・フックの練習を繰り返した。思い返せば、このころが最も真剣に、そしてハードに格闘技に打ち込んでいた時期だ。

「試合が終わるまでの辛抱だ」

自分にそう言い聞かせ、しんどい練習にもなんとか耐えた。

そして本番当日。

試合は2ラウンド制だ。練習していたジャンピング・フックが効き、なんと1ラウンド目はかなり優勢に試合運びをすることができた。続く2ラウンド目はやはり経験の差が出て相手が優勢。苦しい時間が続いたが、試合はなんとかドローで終えることができた。自分ですら「勝てるわけない」と思っていた最初に比べたら、大健闘と言ってよかった。

ダル弟、ＯＵＴＳＩＤＥＲデビュー戦はドロー＝前田日明代表は「楽しみ」

と高い評価

米大リーグ・レンジャーズで活躍するダルビッシュ有投手の弟・翔が8日、総合格闘技「THE OUTSIDER 第27戦 ～大阪初上陸～」（大阪・大阪市中央体育館・サブアリーナ）で格闘家本格デビューを果たした。（中略）

182センチ99キロとヘビー級の体格を誇り、〝格闘技界の次期重量級エース〟とのキャッチフレーズを付けられた翔の対戦相手は、7戦5勝2敗の戦績を持つ〝九州天下一武闘会の不沈艦〟出田源貴。キャリアで勝る格上の出田と対戦した翔は、速い踏み込みからの左フック、左ミドルと放ち、押し倒すようにテークダウンしてグラウンドで上を取るなど、ややペースを握って1Rを終了。（中略）

「寝技は考えてなかった。打撃で倒して勝ちたかった」という翔だが、2Rからはややスタミナも苦しくなり試合は判定0-0でドロー。

勝利ならなかった翔は「まだまだ自分は未熟」と試合後に語り、時間を置いてのアウトサイダー再出撃を希望。さらに兄・有については、「（試合のことは）報告していないが知っていると思うのでまたダメ出しされると思います（苦笑）。もっと自分が上に行って相手してもらえるようにします。まだまだ」と語った。

（「Ｓｐｏｒｔｓｎａｖｉ」２０１３年９月８日）

またしても逮捕

ＯＵＴＳＩＤＥＲの試合が終わった直後、僕はこのイベント絡みのある事件でまた逮捕された。事件の発端は、後輩のつまらないいざこざだった。

Ａという後輩が、持っていたＯＵＴＳＩＤＥＲのチケットを捌き切ることができず、僕の試合のときに一部空席ができていた。

これをきっかけにＡは「翔さんに恥をかかせた」と詰められ、服をかぶせて酒を飲まされた状態で海に投げられたのだ。殺人未遂の容疑者として、後輩たちは一斉に逮捕された。

僕は正直空席のことなんて何も気にしていなかったし、後輩たちに「Aを詰めとけ」と命令したわけでもない。しかし警察は「お前の指示ちゃうんか」と言って聞かず、さらに運の悪いことに以前僕が飲食店でAにビンタをした映像まで出てきてしまった。

確かにそのビンタには覚えがあったが、かといって今回の海に落とした件とはまったく関係ない。

しかし僕の主張とは裏腹に事件はどんどん大きくなり、各メディアでも大々的に報道されるようになってしまった。ちょうどＯＵＴＳＩＤＥＲで僕が大きく注目された直後というタイミングも災いしたと思う。

結局この件は示談になり、示談金を払って僕は戻ってくることができた。

その後とある事情により、僕は神戸に拠点を移すことになる。

再婚と新生活

神戸に移ったのは、僕が２回目の結婚をしたのがそもそものきっかけだ。前述したように、相手は中学からの同級生。アリゾナの学校時代に違反をしまくって長電話をしていた子だ。

当時、僕は恋人と別れたてで、妻の方は恋人を亡くしてしまったというタイミングだった。僕たちは仲も古く、別れてからも普通の友人関係は続いていたので、お互いの傷を見せ合うようにしていろいろな話をした。そうするうちに自然と、また付き合いが再開したという感じだった。

といっても中学のときからの幼馴染で、毎日一緒にいても、身体の関係があるわけでもなく、半年ほどが流れた。夜も「お前は横で寝んなやー」みたいな感じだったが、昔からの自分をお互いに知っていることが心地よくてどんどん距離が近付いていていった。

そのとき妻はラウンジのママとして働いており、お金を持っていた。

「あんたも何かしたいんやったら、何かやり」

そう言って出資をしてくれて、僕たちは神戸に住んで居酒屋をオープンさせることになった。

そうは言っても、僕には料理の腕もなければ、店を経営できるような知識もない。そこで知り合いに料理人を紹介してもらい、店長としての業務は親友アライのお母さんに頼んだ。

僕はオーナーのような形で店に顔を出して、たまにお客さんと付き合いで少し飲むというのが仕事だった。要するに僕はただ名前を貸しているような感じで、実際の業務は任せっきりだったわけだ。それでも、

「続けていればそのうち流行るだろう」

くらいに考えていたのだから、呑気なものだ。本当に商売をナメていたと思う。案の定経営はどんどん傾き、毎月100万円ほどの赤字を出すようになってしまった。これまで好き勝手してきた僕は商売の厳しさを思い知った。

これではマズいということで、僕は居酒屋とは別に建設関係の人材派遣事業を始めることにした。職に就いていない後輩などに話をつけて現場に行かせ、

その日当から手数料を引くわけだ。こちらはそこそこ利益が出たため、その利益から居酒屋の赤字を補填している状態だった。そうなってくると今度は、もう居酒屋の方は畳もうという話になるのが自然だろう。

ただ、ここで大阪の兄ちゃんみたいな先輩にこんなことを言われた。

「翔、お前は5月6月7月の神戸を知らんやろ。1年やってすべての季節の神戸を見てみろ」

たしかにと思い、きっちり1年やって居酒屋は閉めた。その後、大阪に戻ってしばらくは建設の人材派遣で食っていこうと決めた。

ちなみに前妻との間の息子と今の妻の子どもたちは非常に仲が良くて、一緒にカラオケに行ったり食事をして遊ぶような関係である。

仕事が楽しくなってきた

人材派遣の仕事は割と安定していて、少しずつ暮らしに余裕も出てくるよう

になった。飽き性の僕はそうなると、

「それなら次は何に挑戦しようかな」

と考えるようになる。

それこそ格闘技の練習もそうだが、「着実にコツコツと」というやり方が基本的に性に合っていないのだと思う。

派遣会社を継続しながら、僕は新しく営業関係の事業を立ち上げることにした。こちらも建設系の仕事ではあるが、簡単に言えば「こんな感じで壁を塗装しますよ」「床が綺麗に張り替えられますよ」という感じで売り込む、いわゆる「営業」と聞いてイメージするような仕事だ。

営業の仕事ではさまざまな出会いがあるし、いろいろな社長さんや同業者の方から刺激をもらい、かなり充実した生活を送ることができた。

このころ僕は25歳で、それまでのようにあちこちでヤンチャはせず、比較的落ち着いた生活をしていた。更生と言えば更生なのだろうが、もう少し正確には「悪いことよりも仕事の方が単純に楽しくなってきた」と言った方がしっくりくる。

そもそも僕は更生という言葉が好きじゃない。硬くて重いし、実際はそんなもんじゃない。あえて言うならば、好きなものが変わるだけで人は勝手に変わると思っている。昔、僕は悪いことが好きだった。暴走行為だったり喧嘩だったり薬だったりが好きだった。

でも、好きなことが仕事に変わってから、悪いことに興味が向かなくなった。無理に悪いことをやめるのではなく、好きなものに熱中することで自然と悪いことから離れていくのだ。だから更生しようともがいている人は何か熱中できる好きなことを探してみるといいと思う。

岡本純一朗選手との試合

格闘技の方は、実はこのころにもう1試合している。

通っていた道場が地元大阪で「サミット」というイベントを立ち上げることになり、そこで僕の試合も組まれたのだ。

相手は元々柔道の選手で、〝25戦　無敗〟という成績を持つ岡本純一朗という選手だった。かなり強い相手だ。

ただし今回のこのマッチングは、僕が希望したものだった。地元大阪での大事なイベントということで、中途半端な試合をして恥をかくわけにはいかない。それならいっそ、チャレンジャーとして強い相手に挑み、仮に負けたとしても納得できるような相手と試合がしたいと考えたのだ。

前回の出田戦と同じように本気で練習して、本番はなんとか勝つことができた。序盤は劣勢だったが、相手が動いた瞬間に僕が出したオーバーハンドフックがうまくヒットし、それが勝敗を決定づけたのだと思う。死ぬ気で練習した成果だ。

まだまだ短い格闘技歴だが、ひとまず僕の戦績はこの試合を入れて2勝1敗1分でストップしている。

仕事もプライベートも安定し、なんとなく自分も大人になれたのかなと思っていた矢先、僕はあの大事件を起こしてしまうことになる。

第6章　野球賭博事件の真相

野球賭博

２０１５年10月、僕はダルビッシュ家に激震を走らせる事件を起こした。これまで何度も逮捕されてきたが、今までの事件とはわけが違っていた。

ダルビッシュ投手弟、野球賭博の疑い　レンジャーズ戦でも

プロ野球や米大リーグを対象に賭博をしたとして、大阪府警は27日、大リーグ・レンジャーズのダルビッシュ有投手の弟で人材派遣業のダルビッシュ翔容疑者（26）＝大阪府藤井寺市＝ら８人を賭博開帳図利などの疑いで逮捕したと発表した。

ほかに逮捕されたのは大阪市生野区の無職、谷川尚哉（29）と石川県白山市の鉄筋工、田中凌（23）の両容疑者ら20〜32歳の男女。府警は翔、谷川、田中各容疑者の３人が賭博を仕切る胴元役だったとみている。いずれも認否を明らかにしていない。

捜査４課によると翔容疑者は田中容疑者と共謀し、５月12〜18日のレンジャーズの１試合を含む米大リーグとプロ野球の公式戦計44試合を対象に、客16人から１口１万円で計１８５４口の申し込みを受けて賭博を開いたほか、谷川容疑者が開いた34試合の賭博に客として参加した疑いがある。８人は地元の知人関係。

（「朝日新聞」２０１５年10月28日）

僕は野球賭博の疑いで逮捕された。

正直、逮捕されるレベルの悪いことをしていたという自覚はなかった。極端に言えば、「じゃんけんで負けたヤツがジュース奢り」といった遊びの延長くらいにしか考えていなかったのだ。厳密には違法だが、まあ捕まることはないだろうというくらいの認識だった。

はじめは、仲間内での小さな遊びだった。

1週間プロ野球の試合結果を予想して賭け続け、毎週月曜日に精算というのが基本的な流れだ。主にＬＩＮＥなどの無料通話アプリを使って、仲間たちとは連絡を取り合っていた。

野球賭博には、ハンデ制度がある。たとえばそのシーズン中にかなり調子がいいチームや優勝に大手がかかっているチームは「ハンデ2」となり、2点以上差をつけて勝たなければいけない……といった具合だ。

だから、単純に強いチームに賭けていればいいというわけでもなかった。ここに、人がのめり込んでしまう要因があったのだと思う。

胴元がうまいハンデをつければ、そのぶん賭けも盛り上がる。

僕は「上」から降りてくるハンデ表を自分なりに触り、よりみんなが楽しめるように工夫をしていた。

仲間内でやっていた遊びも、盛り上がるにつれて人が集まるようになってくる。僕が把握しているだけでも規模はどんどん膨らみ、最終的には億単位の金が動くようなこともあった。

そんなある日、僕は自分に内偵が入っていることに気付いた。内偵とは要するに、何らかの事件の容疑者を尾行するなどして身辺を調べることを言う。内偵は今までも散々経験していたこともあって、僕はなんとなく雰囲気だけで察することができた。見知らぬ車が明らかに自分を尾けてきていることもあった。

「最近知らん車が自分の周りをうろうろしてるんですけど、大丈夫ですかね？多分府警本部の方の車やと思うんですけど」

僕はある日上の先輩に聞いてみた。すると、

「カタギがこれで捕まることはないから、大丈夫や」

との返事があった。

僕は一抹の不安を抱えながらも、とりあえずは大丈夫なのだろうと思い、そのまま賭博を続けていた。

逮捕の瞬間は突然だった。夜に出かけようと思い、ツレと４人ほどで車に乗り込もうとしたところ、前方から黒い服を着た男３人組がこちらに駆け寄って

くるのが見えた。

「おいコラァ！」

彼らは駆け寄ってくるなり、大声で怒鳴りつけてきた。どこかの不良か、その周りの人間だろう。そう思ってこちらが身構えたそのとき、向こうが何か棒状のものを取り出したのが見えた。警棒だった。

「府警本部や！　大人しくせんかい！」

「なんやねん急に！　警察なら手帳見せんかい！」

こちらもヒートアップして言い返したが、あまり激しくやり返してしまうと公務執行妨害で逮捕されてしまう。必死でツレたちを宥めつつ、なんとか向こうの話を冷静に聞こうとした。

向こうはしっかりと逮捕状も持っていた。罪状は、賭博罪。こうなっては観念するしかなかった。僕はパトカーに乗せられ、そのまま連行された。

逮捕の理由

先輩の言っていた「カタギがこれで捕まることはない」とはなんだったのか。あとでいろいろと話を聞いてみると、今回僕たちが持っていかれたのにはまたしても別の事情があるらしかった。

当時、関西の方で大きな暴力団が分裂したタイミングだった。警察はこれをチャンスと捉えた。その暴力団の資金源になっていそうな組織に片っぱしからあたり、そこから内部調査に入るための有効な証拠を集めようと考えた。

そしてその暴力団との関係を疑われたのが、僕らの野球賭博だったというわけだ。

しかし、前述の通り僕たちはこの件で「反社」と呼ばれるような人たちとは一切関わっていない。僕らが野球賭博をやっていたのは事実だが、その裏に警察が予想していた組織の姿はなかったということだ。

警察も、みすみすこの機会を見逃すわけにはいかなかったのだろう。僕がいくら「知らない」と答えても、彼らの厳しい取り調べはなかなか終わってはくれなかった。

逮捕劇の裏側

こんなことを書くと怒られるかもしれないが、はっきり言って警察の方がよっぽどヤクザみたいだなと思うことも少なくなかった。

「お前、嫁はんもパクったろか？　お前のオカンもパクったろか？」

「兄貴もグルで一緒に賭けてたんちゃうんか？」

「最後はな、海外の兄貴んとこまで取り調べ行ったろか？」

このような脅し、揺さぶりをかけてくることもあれば、一方でこちらを試すような心理戦を仕掛けてくることもあった。

「ワシが間違ってたわ。すまんかった」

あるとき、担当の刑事が深々と頭を下げて謝ってきたことがあった。どうやら調書を間違っていたとか、そのような理由だった。

明らかに芝居だと分かった。要するに、「間違えたときはこちらもきちんと謝るから、そちらもすべて正直に話してね」ということを暗に言っているのである。

しかしそうは言っても、知らないものは知らない。取り調べはずっと平行線をたどり続けていた。

カジノなどの賭博は普通生活安全課の管轄だが、今回は暴力団の分裂の件もあって、通称〝マル暴〟と呼ばれる捜査四課が取り調べの担当だった。

「お前らがたとえカタギであったとしても、俺らが出てきた以上、どっかのヤクザとは適当に結びつけるからな」

向こうは何としてでも僕たちとヤクザの繋がりを突き止めたいのだろうが、このような理不尽なことを言われたのをよく覚えている。

他にも強引な取り調べのエピソードは、まだまだある。

ある日向こうが作った調書に、半ば無理やり指印を押されそうになったことがあった。しかしその調書には、どう考えてもでっち上げたとしか思えない嘘の情報もたくさん記載されていた。

「おかしいやないですか。それやったらもう喋ることはありません。黙秘します」

とこちらが言うと、

「何が黙秘やねん！　お前ナメてんのか？」

と怒鳴りつけられた。

「そっちがその考えやったらええわ。それなら、俺らのルールの中で完璧な黙秘を見せてもらおか。椅子の音も扇風機も全部消せ」

横に座っていた若手の刑事が指示通り空調を消し、取り調べ室は完全な無音に包まれた。

「黙秘言うたら、物音ひとつたてないというのが本当の黙秘やで」

「分かりました」

無茶苦茶な理論だと思ったが、こちらも腹が立っていたので覚悟を決めて受けて立つことにした。

　どれくらい時間が経っただろうか。向こうもさすがにプロで、身動きひとつせずビシッと座っている。僕の方も意地になって動かずに堪えていたが、そろそろ限界がきそうだった。

　するとそのとき、先ほどの若手刑事がわずかに身体を動かすのが見えた。

「こっちの勝ちだ」と思うのが早いか、相手の刑事がすごい剣幕で、

「ガラ（容疑者）の前でなに恥かかしてくれとんねん、コラァ！」

　と怒り出した。

「お前は取り調べひとつまともにできへんのかコラァ！」

「すみません！」

「謝るんやったら最初からやれや！」

　若手刑事はすごい勢いでシバき回されていて、見ているこちらが可哀そうに思うほどだった。僕に怒鳴るときと同じくらいか、下手したらそれよりすごい

迫力だ。

相手をビビらせるために絶対的な力関係を見せつける……完全にヤクザと同じ〝カマし〞の入れ方である。

取り調べは一時中止になり、留置されている房に戻された。30分後くらいに再開を伝えられ取調室に戻ってみると、先ほどの若手刑事は人が変わったように何も喋らなくなっていた。

「どうしたんですか？　なんで喋れへんのですか？」

試しに聞いてみても結果は同じだった。おそらく、これ以上僕と喋るなということを言われているのだろう。その後も取り調べの中で若手が少しでもおかしな動きをしたら、

「ガラの前で喋るな言うたやないか！」

「どういうつもりやねんお前！」

と叱責が飛んだ。

最初は物腰が柔らかかったその若手刑事も、僕が保釈されるまでの約1カ月間で見事に「四課の顔」に変わっていた。ボサボサだった髪の毛もきちっと散髪し、何より目つきやオーラが最初に見たときとまったく違った。きっと先輩に嫌と言うほどきつい教育をされたのだろう。

警察は完全に体育会系の集まりでもあるし、上の人間を平気で〝頭(かしら)〟と呼ぶようなところを見ても、ほとんどヤクザみたいな組織だなという印象を受けた。

保釈

共犯が多く証言もバラバラだったため、僕も含め、一緒に逮捕された仲間には全員「接見禁止」が言い渡されていた。これはつまり面会が一切できないということで、口裏合わせを防ぐためにとられた処置だった。

調べを進めるなかで警察も「これ以上は何も情報が取れないだろう」と思ったのか、ある日この接見禁止が解除されることになった。

野球賭博は事実だが、何度も書いているように裏でヤクザと繋がっているようなことはない。さすがの警察もそれを認めざるを得なかったのだろう。使っていたＬＩＮＥの記録がすべて残っていたことも幸いした。

面会が可能になってからすぐに、僕は弁護士と何度も話し合いを重ねた。その中で見えてきたのは、今回の事件は前例がないものだということだ。

前述したように、僕が逮捕されたのは「賭博罪」だ。

しかし厳密には、賭博罪の条文に僕がやったことにぴったりと該当する文言は出てこない。当然だが、この法律ができたときには僕たちが利用していたＬＩＮＥなどのアプリは存在していなかったからだ。

実際の賭場もないし、固定電話も使っていない。それなのに逮捕されるというのは、法を拡大解釈しすぎているのではないか？　裁判ではここを軸に争う予定だと弁護士は教えてくれた。

一部の裁判には、裁判官、検察官、弁護士、そして被告人が集まって事前に打ち合わせのようなことをする期間が設けられている。事前にある程度双方の足並みを揃えておこうというわけだ。

今回はその機会があったので、先程の「拡大解釈ではないか？」という点でこの裁判は争う予定です、と僕たちから伝えた。

すると向こう側の顔つきが変わった。明らかに「痛いところを突かれた」という顔だった。なんとか言葉を尽くして説得しようとしているようだが、こちらの弁護士も当然折れない。話し合いは10回以上に及んだ。

「執行猶予さえもらえたら、法解釈に関しては僕らも突っ込みませんよ」

あるとき、僕たちは条件を出した。

向こうもこれは呑まざるを得なかったのだろう、渋々ではあったが首を縦に振り、そのまま裁判へと突入していった。

懲役3年、執行猶予5年。

これが僕に出された判決だった。また判決の際、僕が今回の件で反社と繋がっていないということはきちんと明言してもらえた。

有罪判決ではあるものの、執行猶予付きで僕は釈放されることが決定した。

一緒に捕まった仲間も同様だ。拘留された期間は、計22日間だった。

裏社会との繋がり

今回の野球賭博ももちろん、僕は「現役」の人と金銭のやり取りや商売は絶対にしないと決めている。あくまでも自分たちのなかで、クリーンに商売をするというのが僕の信条だ。

ただ、僕の今までの生き方から考えて、いわゆる「反社」と呼ばれるような人との繋がりがあるのも事実だ。地元の先輩や後輩で、ヤクザになったという仲間もたくさんいる。そこに嘘はつきたくない。

しかしその人たちとの繋がりも、あくまで個人的な人間関係としてのものだ。だからその間でお金が動くことはないし、最近は一緒に食事をするような機会もほとんどない。

きっと「そんなのは綺麗事だ」と思う人もいるだろうが、今はそう思われても仕方ないと思うし、これからの動きで少しずつ理解をしてもらうしかないと思っている。

兄貴の反応

野球賭博はもちろん犯罪だ。そしてそれをダルビッシュ家の人間がやってしまうことは、より大きな、重い意味を持つことになる。

この一件については、いまだに家族の中でタブー視されている問題だ。誰もなかなか語りたがらないし、触れてはいけない雰囲気になっている。

それもそのはずで、僕は兄貴の職業、そして夢を使って違法の賭博を行い逮捕された。偉大な野球選手を兄に持つ弟として、はっきり言って最低の侮辱行為だ。

――なにか迷惑をかけているのではないか

――自分と関わることで、選手生命が脅かされるのではないか

そんなことを考えると、釈放されてからもなかなか兄貴には連絡できずにいた。

少し時間が経って、なんと兄貴の方から連絡があった。恐る恐るメールを開いてみると、そこに書かれていたのは僕の背中を押してくれるような、優しく力強い言葉だった。

本来であれば縁を切られてもおかしくないことをした僕に対してこんなことを言ってくれるなんて……。僕は胸が詰まって、すぐに返信することができなかった。

思い返せば、僕が19歳のときに事件を起こして騒ぎになったときも同じだった。プロとして大活躍していた兄貴から電話がかかってきて、兄貴はぽつりとこう言った。

「俺が野球やめたらいいんか？」

これまでにも書いてきたように、僕がやってきた悪事は自分が好き勝手にやってきたことで兄貴とは関係ない。だが、兄貴は背負わなくていい責任を感じていたのだ。僕は、

「そんなこと言わんといてくれよ！」

と兄貴に詫びることしかできなかった。

それは今回の野球賭博の件でも同様だ。何度でも言うが、兄貴には感謝と尊敬しかない。

ようやく気付いたこと

野球賭博の件で、僕の認識は大きく変わった。これまで自分がいかに周りに甘えて過ごしていたかということに、ようやく気付き始めたのだ。

「兄に対してコンプレックスは感じていないし、名前に甘えることはない。自分は自分の力だけで、好きに生きていく」

僕はいつも、それをテーマに生きてきたつもりだった。でも、本当にそうだろうか。今回の逮捕だってそうだが、自分の人生を振り返ってみればみるほど周りに助けられ続けてきた人生ではなかっただろうか？

最近よく思い出すのが、15歳のころの母親とのエピソードだ。

当時僕は少年院に入る前で、鑑別所に入れられていた。母親は忙しい合間を縫って毎日面会に来てくれ、僕にコーヒーやフルーツジュースを差し入れてくれた。

しかしある日、いつもの時間になっても母親が現れないことがあった。

「なんや、今日は来うへんのかい」

不安なのか苛立ちなのか、とにかくよく分からない気持ちで不貞腐れているところに、先生が走ってきて言った。

「翔くん、お母さんが来てるよ」

面会室に行ってみると、ちょうど母がバタバタと部屋に入ってくるところだった。

「今日は来うへんのかと思ってたわ」

「ごめんごめん、ちょっといろいろ忙しくて……」

自分でも意外なほど、母の登場に喜んでいる僕がいた。

当時はまだ僕もガキで、せっかく面会に来てくれた母に対しても素っ気ない態度をとることがカッコいいと勘違いしていたけど、日課のようになっていたこの時間に気付かないうちに甘えていたのだ。母の深い愛情に、今ならちゃんと気付くことができる。

もちろん父親も同様だ。

どうしようもなかった僕にアリゾナの高校を見つけてきてくれたのも父だし、

団野村さんと話をつけて僕に仕事を紹介してくれたのも父だった。

20代になりたてのころ、羽曳野で留置されていた僕のところに面会に来てくれたときの父の言葉は、今でも心に残り続けている。

「翔、いいか。ライオンは人間の肉を食べないが、一度その味を覚えてしまうと今度は人間を探し続けるようになる。薬物も同じだ。一度味わったら、なかなかそれを忘れるのは難しい。けど、お前がここで諦めるような人間じゃないことを俺は知っている。大変だけど、頑張って薬やめような」


人生を振り返ってみると、このような大切な言葉やエピソードをくれた人がたくさんいることに僕は気付いた。そしてそれらの思い出は、今でも僕を支え続けてくれている。もちろん両親以外にも、兄貴や弟、そして仲間たちから数えきれないほどのものをもらってきた。

それなのに「自分ひとりでやってきた」なんて、僕はなんて思いあがっていたのだろう。ただ粋がっていただけで、実際はみんなに育ててもらったガキでしかなかったのだ。

これまで好き勝手に僕はやってきた。

その結果、僕が得たものは〝悪名〟だけだった。

第7章　ワルビッシュTV

自分のメディアを持つ必要

野球賭博事件の逮捕を通して、僕はもうひとつ大きなことに気付いた。それは、小さくても自分のことを発信できるメディアを持つ必要があるということだ。

ダルビッシュという名前もあると思うが、新聞や週刊誌、ネットニュースには散々あることないことを書かれてきた。もちろん正しい報道であれば構わないし、自分の罪と向き合っていくことは必要だと思うが、それにしても目に余るような記事が多いのも確かだ。

たとえば前述した、後輩たちが仲間を海に落としてしまった事件。僕はこの件に関してまったくの無関係というのは前に書いた通りだだが、検索をかけてみると「ダルビッシュ翔が後輩を海に落として殺人未遂」「実は後輩を監禁していた」など根も葉もない噂が次々と出てくる。

そのような僕のイメージが決定的になったのが野球賭博の件だと思う。かなり大きく報道され、世間にも悪い意味で認知されてしまった。

報道のなかには僕と「反社」の因果関係をほのめかすようなものもあったため、世間的にはそのイメージがついてしまっている。

世の中の人はどうしても出ているニュースを１００％信じ込んでしまうところがあるし、特にネットメディアでは一度出た記事は基本的にずっと残り続ける。それがどれだけ憶測だけで書かれた記事だとしてもだ。

このようなニュースの影響で、僕はいまだにローンも組めないし生命保険にも入れない。不動産を買おうとしたときも、途中まで話が進んでいたのにも関わらず、ある日急に向こうのお偉いさんが出てきて、

「大変申し訳ないのですが、コンプライアンス的に今回の話はなかったことに……」

と頓挫してしまったこともあった。

また、建設の仕事で営業をしていても、

「ダルビッシュ君のところとはちょっと……」

「仕事はしたいけど周りの目もあるから、間に誰かを立ててくれないか」

などと言われることはザラにある。

これでは反社扱いされているのと同じだし、こちらとしてもこれまで割いてきた時間がすべて無駄になってしまう。

このままでは言われたい放題だ。自分でも前に出て、情報を発信していく必要がある。そう考えていた僕が思いついたのが、YouTubeだった。

悪名は消せない。消そうとも思わない。

だが、等身大の僕を見てもらうことはできる。

「裏社会ジャーニー」に出演

そのようなことを考えていたころ、本書の編集者である草下シンヤさんと京都駅の喫茶店で会うことになった。草下さんは僕の考えに共鳴してくれて、

YouTubeを始める上での助言をしてくれた。

そして草下さんがプロデュースする「裏社会ジャーニー」というYouTubeチャンネルへの出演を依頼された。僕はそこで野球賭博の件などの話をさせてもらった。しかし、そのコメント欄はひどいものだった。

——社会のゴミ。

——小学生の時代に、いましたぁ！　みっともないよー？

——札幌ドームでわざと外野一般席に座ってゴロ付いた、勘違いの、ただのチンピラ

——罪状見たけど、根っから腐っててビックリした。

――観る値打ちなし、時間の無駄！

――兄は世界で活躍、弟は劣等感でこうなったのかな

――まだ悪いことを誇ってる感じ出てるな。その誇り捨ててから世の中出てきてもらわないとなぁ

――気分が悪いので秒で見るのやめました。こんな昆虫以下のやつの番組なんて見るやつの気がしれない

――どうでもいいけど人前に出て来んなよ。てかこんなゴミを人前に出すな

――どうせまた逮捕されるんだろうね

――犯罪者は表舞台に出てくるなよ！

――何の自慢にもならねーから！　クソみてーな動画あげんな！

これが今から約2年半前の僕に対する世間の評価だ。ぼろくそである。自分が育ててきた〝悪名〟の結果だと言うこともできるだろう。

YouTube 初期

僕のチャンネル「ワルビッシュＴＶ」は２０２０年8月に始まった。

最初は僕が中心になって、自分の昔のことを話したり、知り合いの方にインタビューをさせてもらうような動画が主だった。当時はいわゆるアウトロー系のYouTuberがブームになっていて、僕もその枠のなかのひとりという感じで見られていたと思う。

最初はそれで良かったのだが、徐々に僕のなかでそのカテゴリに入れられることに対して違和感を覚えるようになっていった。

その理由はふたつある。

ひとつは、周りの同じようなチャンネルを見て思ったこと。アウトロー系のYouTuberというのは大体、昔の喧嘩や犯罪のエピソード、あの事件の裏側……といったことを語って動画にしているケースが多い。

それ自体は別に構わないのだが、なかには本当か嘘か分からないような話を自慢げにペラペラと喋るようなひどいチャンネルもある。そういった動画が増えたことによって、「自分もこいつらと一緒だと思われたくないな」と思ったのは事実だ。

もうひとつは、アウトロー系界隈の中で面倒な揉め事が次々と起こるようになったということ。

あるとき、とあるふたつのチャンネルが揉めたことがあった。僕のところは両方ともすごく仲良くしていただいていたので、どちらに付くということもなくただ見守ることしかできなかった。

しかし、こういった界隈というのはとにかく派閥にうるさい。時間が経つにつれて僕たちのチャンネルにも、

「どちらに付くんだ」

「無視はできないだろう」

といった声が届くようになった。

これがたとえば地元の先輩や不良仲間に言われるのであれば、まだ理解はできる。ところがこれは、「自由な発信がしたい」という思いで始めたYouTubeという場だ。ここにまでそんな面倒事を持ち込まれる筋合いは、さすがにないのではないか。

さらにどちらかに付くということは、どちらかを裏切るということだ。世話になった人たちをそんなに簡単に裏切るなんて、僕には到底できない。

結局僕たちがした決断は、「どちらにも関わらないようにする」というものだった。このような揉め事やストレスが続くなら、もうこの界隈にいるのはや

めようと思った。これが、僕たちがアウトロー系YouTuberから路線変更したもうひとつの理由だ。

周囲の反応が変わってきた

この本を読んでくれている人であれば分かるかもしれないが、現在の「ワルビッシュTV」はかなり独自路線をいっていると思う。

「自分のメディアを持ちたい」という思いは当初から変わっていないが、そのためにはまず、チャンネルをより多くの人に見てもらうに越したことはない。そこで必要なのが、僕たちの動画を「面白い」「次も見たい」と思ってもらうことだ。

アウトロー系のインタビューなどもたまにはやるかもしれないが、そこにはいま書いた通りさまざまな面倒事がつきまとう。そんなことにいちいちストレスを感じるくらいなら、自分の気の合う仲間、信頼のできる人たちと楽しいこと、バカなことをやっている方が性に合っているのではないか。そう思って今の路線にたどり着いた。

　そのように方向性を決めたあたりからありがたいことに登録者数も増え始め、20万人を超えたところまできている。

　アンチもいるだろうが、いて当然だし気にしていない。だが、寄せられる声は最初「裏社会ジャーニー」に出たときや、立ち上げたばかりのころとは違っている。あたたかい声や応援する声がたくさん寄せられるようになった。

　それは僕や仲間たちが変化したからというわけではないだろう。僕らはいい子ぶりたいわけでも、そもそも善人でもない。こういう人間なんだということを等身大で伝えてきた。

　その結果、視聴者も僕らのことをこういうヤツらなんだと理解してくれるようになってくれたのだろう。それは僕らにとって居心地のいいことであることは間違いない。

　チャンネルがここまで大きくなれたのは、もちろん僕だけの力ではない。むしろ僕よりも、「ワルビッシュＴＶ」のメンバーである個性的な仲間たちのおかげと言ってもいいだろう。気心の知れた、昔からの仲間たちも多い。せっかくなので、彼らについても少し紹介してみたいと思う。

ワルビッシュＴＶのメンバー

まずは谷ヤンだ。谷ヤンは、羽曳野時代からの古い仲間だ。今でこそ動画では「みんなの谷ヤン」という感じでイジられたりもしているが、元々は僕の5個上の先輩。もちろん根本では、この先輩後輩の関係が崩れることはない。

知り合ったのは、僕が中学のときに徐々にヤンチャをするようになった時期だ。当時よく遊んでもらっていた先輩の、さらにもうひと世代上の先輩という感じだった。谷ヤンからしたら、当時の僕はまだまだかなり子どもだったと思う。中3で初めて単車を手に入れたときに、

「警察が来たときは気をつけや」

と優しく注意してくれたことをよく覚えている。きっと年の離れた弟のような感じで僕のことを見ていてくれたのだろう。

谷ヤンは5回も懲役に行っている。

昔は窃盗団に入っていて、ＵＳＪで車を盗んで新聞に載るような大きなニュースになったこともあった。そんな暮らしをしていたからか、谷ヤンはみんなが憧れる車やバイクをたくさん持っていた。東京でしか手に入らない、雑誌で見るようなかっこいい改造車に乗せてもらった記憶もある。もちろん悪いことだけど、当時の僕からしたら憧れの先輩だった。

また、かっこいいだけではなく、ちょっと抜けたところもある可愛い先輩でもあった。印象的なのは、羽曳野に違う地域の暴走族が攻めてきたときのエピソードだ。

谷ヤンのチームと相手チームが睨み合い、

「どこのモンじゃワレ！」

「そっちから名乗らんかい！」

と言い合いになった。

「誰に口きいてんねんコラ！」

腹が立った谷ヤンは前に出ていき、相手に向かって催涙スプレーを吹きかけた。

「うわああああああっ！」

次の瞬間、地面でのたうち回っていたのは谷ヤンだった。なんと信じられないことに、噴射口を自分の方に向けてしまっていたのだ。

このエピソードはみんな大好きで、僕らの飲みの席などでも度々話題に上る。そんな少し情けないところも含めて、本当に大好きな先輩だ。

次は賀集（かしゅう）。賀集は中学校からの友達で、YouTubeを始めるときからずっと一緒にやっているメンバーだ。動画に出てくることはあまりないが、主にカメラを回したり、マネジメント業務のようなことも裏でやってくれている。

本人には別に本業もあるが、忙しいなかなんとか時間を作って現場に来てくれていることには感謝しかない。僕らが何をするにも一番大事な役回りをやってくれているのが彼だと言っていいだろう。結局最も評価されるべきなのは賀集なのではないかと僕は思う。

「賀集にとって俺ってどんな存在なん」

一度気になって彼にそう聞いてみると、

「そうやなあ。裏でいろいろサポートしてるから、古い考え方かもしれんけど、嫁さんみたいな立場やなと思うことはあるよ」

と言っていた。

このような冷静な視点も、僕らのチャンネルにとってなくてはならない存在だ。YouTubeに関しては一番「一緒に乗り越えてきた感」が強いメンバーなので、今後も友人として、メンバーとして大切に関係を続けていきたいと思っている。

菊ちゃんも個性的なメンバーだ。最初は賀集の繋がりでチャンネルに出てくれるようになった。動画ではめちゃくちゃなことをする「悪童キャラ」という感じだが、根はとてもいい人である。

180cm180kgの巨体でコワモテだが、案外コアなファンも多い。一部では可愛い可愛いと言われ、たまに街中で写真を頼まれることもあるそうだ。

このような場面を見ていると本当にYouTubeを始めて良かったなと思うし、世間の評価とは本当に分からないものだなとも思う。

菊ちゃんは故郷の沖縄でいっぱい失敗し、現在大阪で再起を図っているところだ。うまくいかないところもあるが、温かい目で見守ってくれると幸いである。

最後はキング。キングは日本とナイジェリアのミックスだ。年は22歳で、元々はTwitterで知り合い、そこから交流がスタートした。

身長は2m超えで体重も100kg以上あるため、その恵まれた体格を活かして格闘技をやらせている。半年間ほど僕の会社で働いてくれていたが、あるときから格闘技に専念してもらうために本人には「もう仕事はせんでええから」

と伝え、僕たちはスポンサーのような形でサポートしている。

体格はもちろん根性もある。ブレイキングダウンに参戦し初戦をＫＯで勝利したことで一躍名前が知られるようになった。これからが楽しみでしかないし、本気でトレーニングを続けていつかはＲＩＺＩＮなどの大きな大会に出たり世界で活躍してほしいと思っている。

忘れてはいけないこと

ここに紹介できたのはごく一部のメンバーだ。実際にはもっと多くの人たちに支えてもらいながら、僕たちのチャンネルは成り立っている。もちろん、毎回動画を楽しみにしてくれている視聴者のみなさんもその一部だ。

「ワルビッシュＴＶ」のメンバーは僕を筆頭に、みんな多かれ少なかれ過去に問題を抱えている人たちばかりだ。YouTubeを始めたことで団結力が生まれ、「仲間たちに迷惑をかけるわけにはいかないから」という気持ちがみんなを更生に向かわせているということは間違いなく言えると思う。

僕も含め、みんなYouTubeがなければここまで立ち直ることはできなかったと思うし、仲間には本当に感謝している。そして、仲間を大切に思うからこそ、最後に少し厳しいことも書いておきたい。もちろんそれは、自分への戒めも込めてだ。


僕たちは、周りに支えられて生きているということを忘れてはいけない。いくら登録者数や再生回数が伸びても、調子に乗ってその感謝を忘れるようでは話にならないのだ。それが分からなくなってしまった瞬間が、「ワルビッシュTV」の終わりだと思っている。

幸いなことに、今のところそんなことを思っているメンバーはいない。みんな魅力的ですごいパワーを持っている人たちばかりなので、この調子で思う存分面白いことをしていけたらと思っている。

僕自身、メンバーと一喜一憂しながら番組作りをしてきたことで変わってきたという自覚がある。結局は視聴者に楽しんでもらえること、喜んでもらえることを続けていかなければ、数字も伸びないし、制作側にもやりがいは生まれない。

昔の僕は自分のことしか頭になかった。好き勝手に暴れて、暴力で言うことをきかせていた。〝悪名〟が高まれば高まるほど、遠くまで響けば響くほど、僕と社会の間に溝が生まれた。

だが、仲間と一緒にYouTubeの番組を作ることで充実感や達成感が得られた。最初は、自分のことを正しく発信できるメディアを持ちたいという思いで始めたYouTubeだったが、結果的に、このチャンネルが僕たちを良い方向に向かわせてくれていたのだ。

継続は力

YouTubeを始めて、継続は力だと学ぶことが多かった。そのひとつが、べンチプレス企画だ。

せっかくなら意味のあることに挑戦したいと考え、1年で200kgを上げられるようになるという目標を立ててトレーニングを開始した。

はじめは、140kg程度しか持ち上がらなかった。そこから1年で200kgにもっていくというのは、かなり至難の業だ。YouTubeをやっていなかったら、正直とっくに投げ出していたと思う。だけどみんなに見てもらっている以上絶対に成功させたかったし、きちんと努力すれば誰でも結果が出せるということを示したくて意地で続けた。

辛いトレーニングを乗り越え、迎えた本番当日。僕は200kgを上げることに成功した。格闘技のときと同じように、努力したらその分だけ結果が出るということが本当に嬉しかった。動画を見てくれた方にも、きっとそのことを感じ取ってもらえたのではないかと思う。

このようなドキュメンタリーを記録として残し、発信できるのもYouTubeのひとつの魅力だと思う。最近はまた身体がなまってきてしまっているので、トレーニングを再開しようと考えている。

YouTube の今後に関して

実は今後の YouTube 活動に関して、少し考えていることがある。

実はワルビッシュＴＶ以外に、もうひとつチャンネルを作りたいと思っているのだ。そのチャンネルでは、僕のように「はぐれ者」として生きてきた人たちにインタビューをし、本人たちのリアルな声を届けたいと考えている。

僕自身、今こうして自分のメディアを持ったことでさまざまな意見を発信できるようになったし、自分につきまとう偏見や間違った印象などについても少しずつではあるが払拭できているという実感がある。

そこで思ったのが、

「世の中には僕と同じ悩みを持つ人がたくさんいるのではないか？」

ということだ。

僕にはたまたま「ダルビッシュ」という名前があったので人に集まってもらいやすかったが、そうもいかない人はたくさんいるだろう。新しく作るチャンネルでは、そういった人たちにスポットを当てたいと思っている。僕の名前ならいくら利用してもらっても構わないし、きっと有意義なチャンネルになるはずだ。

もちろんワルビッシュTVの方も、これまでと変わらず続けていくつもりだ。出演の方は最近あまりしていないが、企画などは今も僕が考えている。楽しい仲間たちとの企画もたくさん考えているので期待していてほしい。

第8章　大阪租界と炊き出し

炊き出しを始めたきっかけ

YouTubeに加えて、僕は新しい取り組みを始めた。故郷である大阪に位置する、西成（にしなり）という地域での炊き出し活動だ。2021年から、毎週木曜日に炊き出しを行っている。

この活動を始めたのは、地元で困っている人を助けたいという純粋な思いからだ。

西成は、「人が最後に辿り着く土地」とも言われている。社会からドロップアウトしてしまい日雇い労働で食い繋いでいる人や、住む場所がなく路上で生活している人など、本当にさまざまな人が集まっている。

なんとか彼らの力になれることはないだろうか。ずっとそんな思いを抱えていたところに、コロナウイルスの流行があった。

いろいろな企業が大打撃をくらうなか、僕の会社は各所で消毒作業を行っていた。建設業の経験を活かし、「なんでもやりますよ」と行政に掛け合って動いていたのだ。市の公園や花園ラグビー場など、話があればどこにでも出かけていった。もちろんすべて、完全なボランティアだ。人助けに金銭を発生させるとそこに上下関係が生まれてしまうし、こんなときこそ道を踏み外して生きてきた僕らのような者が力にならなければと思った。

そんな中である日、「西成での炊き出しが難しくなっている」という話を聞いた。コロナの関係で人が集まることが難しくなり、もともと活動をしていた大企業が軒並み動けないでいるということらしかった。

今こそ僕らの出番だと思った。

他の企業ほど規模が大きくない分フットワークも軽く、コロナ関連の問題にも柔軟に対応できるだろうと考えたのだ。確かに人が集まるリスクはどうしても出てきてしまうが、だからと言って困っている人たちを無視することはできない。

しかし、そう意気込んだのは良かったが、僕たちには肝心な知識が何もなかった。必要な物や手順、そもそも何から始めればいいのか、まったく分からなかったのだ。これはどうしたものかと困っていたところで思い当たったのが、「新宿租界（そかい）」の存在だった。

新宿租界とZ李さん

新宿租界とは、元々は競馬や競輪などの公営ギャンブルの予想を行うオンラインサロンの名称だ。特にリーダーのZ李さんはTwitterでもかなり人気があるので、知っている人も多いだろう。その新宿租界が、あるときから炊き出し活動を始めたことは僕もTwitterを見て知っていた。

「この人たちに学べば、すべて分かるはずだ」

僕はそう考え、早速連絡をとって東京へ向かった。

材料の準備、必要な人員、人の捌き方……。僕の思った通り、新宿租界のみなさんから学ぶことは本当に多かった。なんの接点もなかった僕のような人間にも優しく指導をしてくださったＺ李さんとメンバーの方々には、感謝してもしきれない。

学んだノウハウを大阪へ持ち帰り、僕は仲間たちに声をかけて炊き出しのチームを結成した。チーム名は、「大阪租界　反撃の狼煙」。

新宿租界のみなさんに教えていただいたことをしっかりと受け継いでいけるように名前をお借りさせていただいた。人に迷惑ばかりかけてきた僕たちにとって、この活動が文字通り「反撃の狼煙」となるようにという決意表明も込められている。

初めての炊き出しは不評の連続

大阪に戻って実際に活動を始めるまでは、思ったよりも時間がかかってしまった。ノウハウを学んだとはいえ、未経験者ばかりのチームではひとつひととつの動きがどうしても遅くなってしまうのだ。そのままずるずると先延ばしになってしまっていたある日、Z李さんから電話をいただいた。

「おにぎりと味噌汁だけでもいいから、とにかく1回は始めてみることが大事だよ」

この言葉が強い後押しとなり、僕たちはようやく一歩踏み出すことができた。ちょうど予定が空いていた次の木曜日を炊き出しの日と決め、僕たちは死に物狂いで準備を進めた。


初めての炊き出しメニューは、カレーだった。

場所は西成のなかでも多くの人が集まる「三角公園」。

昼からキッチンカーで出かけていき、ジャガイモもニンジンもぜんぶ僕ひとりで切って、大きな鍋で煮込む。思っていたより大変な作業で、時間もかなりかかってしまったが、なんとか50人ほどの人たちに食べてもらうことができた。

時間配分や作業効率などまだまだ改善点はあるが、ひとまず無事に終わってよかった。そう安心していたのも束の間、炊き出しに並んでくれた人たちからの評価は、正直言ってあまり良いものではなかった。「あまり美味くない」と言う人もいれば、首を傾げながら食べている人もいた。

料理のクオリティや僕たちの対応などが、やはりそれまで炊き出しをしていた大企業のそれとは大きく違うようだった。

もちろん最初から100点が取れるとは思っていなかったが、ここまで評価が厳しいとは予想していなかった。心が折れかけたが、これくらいでへこたれるわけにはいかない。多くの人に力を貸していただき、こうして始めることができた活動を、ちょっと批判されたくらいでやめるようでは話にならないのだ。

大きくなる活動

僕たちチームの能力を上げることはもちろん、大阪租界の存在をもっと多くの人に知ってもらう必要がある。そう考えた僕は、「Twitter やチラシでの告知をもっと積極的に行うようにしていった。

またそれだけでなく、普段から仲良くしていただいていた「職親プロジェクト」という更生支援団体に所属する松本社長に声をかけ、呼び込みに参加してもらえるように交渉した。

職親プロジェクトとは、日本財団が行っているプロジェクトのひとつである。

ＨＰにはその理念が記されている。

私たち日本財団が職親プロジェクトにかける想い
一度のあやまち。
それは、社会復帰を望んでも叶えづらい日本において、
出所後のさまざまなハンディキャップとなり、
犯罪を重ねる悪循環につながっています。
この局面に対して私たちは、
官民連携で出所者が再び罪を犯さぬよう「職の親」となり、

自立更生を推進する活動を行っています。
一人でも多くの社会復帰を後押しするために。
新たな犯罪を未然に生み出さないために。
そして、より安心して暮らせる日本をつくるために。

（職親プロジェクトＨＰより）

その効果もあってか、炊き出しは回を重ねるたびにより多くの人たちに集まってもらえるようになってきた。料理のクオリティも上がり、段々と「美味しかったよ」という感想をもらえるようになってきたことも、大きな励みになった。
やはり継続は力だし、活動は周りの支えがあってこそのものだなと強く思う。

現在の活動

もともと西成は炊き出しに並ぶ人が多いということもあるが、数だけで言えば現在僕らの炊き出しは日本一ではないかと思う。月末に関しては、おそらく400人近い人が集まってくれているはずだ。

また、西成を中心に活動する政治家の方が顔を出してくれる機会もあったりと、徐々に外の人たちにも大阪租界の活動が届いていると感じることが増えてきた。

「Twitter で僕たちの活動を知ってくれた人が支援してくれることも最近は多い。大阪租界のアカウントで登録した「ほしい物リスト」を見て肉や野菜を数十キロ単位で送ってきてくれるのだ。

ありがたいことに多すぎて困るほどの量が常に集まっており、今では僕たちの金銭的な負担はほとんどゼロで活動を続けることができている。料理の素人である僕たちにとってはメニューを考えるのもひと苦労だが、これも嬉しい悲鳴だ。

飲食店や企業の方があまった食材や商品を送ってきてくれることもあり、こちらも本当にありがたいと感じている。

西成での炊き出しには、多くの仲間が集まってくれる

大阪租界のメンバーについて

現在僕ら大阪租界のメンバーは、地元の先輩・後輩たちがほとんどだ。やはり気心の知れた仲間と活動を続けるのが一番だし、みんなボランティアにもかかわらず一生懸命手伝ってくれるので本当に心強い。

規模も大きくなりさまざまな管理も大変になってきてはいるが、米を炊く係、肉や野菜を切る係、現地で調理をする係など、うまく役割分担をして回している。僕の役割はあちこちに顔を出してトラブルの対処をしたり、人の整理をして全体の指揮を執ることだ。

料理をする際の衛生管理も徹底的に行なっている。調理スペースには信頼できる3、4人しか絶対に入れないことにしているし、万が一に備えて監視カメラも取り付けている。やりすぎに感じるかもしれないが、完璧にリスクを回避するにはこれくらいしないといけないのだ。料理の責任者をしている谷ヤンにはいつも助けられている。

また、普段表には見えないが、裏での大切な仕事についてもこの際なので紹介しておきたい。

たとえば充分に気をつけないといけないのが、食材の管理だ。特に夏場は食中毒の心配があるので、ここには細心の注意を払う。油断やミスが許されない、とても大切な仕事だ。

もうひとつ大事なのが、あと片付けだ。

炊き出しは、料理を振る舞って「はい終わり」というわけにはいかない。使った鍋や寸胴を綺麗に洗って管理しておくというのも重要な仕事である。この仕事は主に後輩が買って出てくれているのだが、みんなが帰ったあとの暗い公園でこういった作業をしてくれている彼らには本当に頭が下がる思いだ。

最近では炊き出しの活動を褒めていただくことも増えたが、こういった細かい、目立たない仕事にこそもっとスポットを当てる必要があると思っている。彼らの仕事こそ大阪租界にとって必要不可欠なものだし、僕も今の評価にあぐらをかかず、常に感謝を胸に活動を続けていかなければと感じている。

大阪租界メンバーの人柄

大阪租界のメンバーは、本当に良い人たちばかりだ。そして彼らには、ある共通点がある。それぞれが家族や恋人を亡くしていたり、僕のように周りの信頼を失うような失敗をしてしまった経験があったりと、心に深い傷を抱えている人たちばかりなのだ。

綺麗なヤツばかりじゃない。自身の〝悪名〟によって社会から弾かれてしまった者もいる。そんな連中が集まって、「人が最後に辿り着く土地」と呼ばれる西成という街で炊き出しを行っている。

辛い経験をした人間は、その分他人の苦しみにも寄り添うことができる。彼らの人の良さは、そういうところからきているのではないかと僕は思う。他人の痛みを理解し、そこに差し伸べられる手の温かさを知っている。それは何ものにも代えがたい強みなのではないだろうか。

きっと炊き出しに並んでくれている人たちは、今まさにその「辛いこと」に直面している真っ最中だと思う。週1回の僕らの炊き出しが少しでも救いになればいいし、いつかはこの助け合いのバトンを他の誰かに渡せるようになってくれれば最高だ。

活動に寄せられる批判について

「飯を食わせて甘やかすな」

「逆にその生活から抜け出せなくしてしまっているのではないか」

炊き出しをしていると、このような批判の声が寄せられることがある。そういうことを言ってくる人は、僕たちの活動の本質をまったく分かっていないのではないかと思う。より正確には、僕たちが立派な活動をしていると買いかぶりすぎていると言ったほうがいいだろうか。

大阪租界の活動理由は、至ってシンプルだ。

「困っている人たちに少しでも楽しみを作ってあげたい」

それだけである。

僕たちと炊き出しに並んでいるおっちゃんたちとの関係性は、

「おっちゃん、最近来てなかったやん。元気してたん？」

「おう、翔ちゃん、元気やで」

といった、実にフランクなものだ。もちろん楽に暮らせるようになってほしいという思いはあるが、だからといって仕事を紹介してあげたり、説教をしたりということはない。すごく良い意味でドライな距離感を保っているのだ。

「ほな、また来週ね」

「美味しかったわ。ごちそうさん」

そんな会話ができることが嬉しいし、何よりの励みになる。僕としてはもう、これ以上なにも望むことがない。

たまに現場を見ていると、炊き出しに人が集まっているのをいいことに不動産や人材派遣のビラを配っている連中の姿を見かける。僕らの仲間だと思われるのも嫌なのですぐに注意することにしているし、会社を通して正式な話が来ても当然すべてお断りしている。

必要以上に彼らの人生に踏み込むつもりはないし、ましてそれをビジネスにするつもりはさらさらない。それは活動を始めたときからまったく変わらないスタンスだ。

これがたとえば1円でもお金を取っていれば僕たちも欲をかいたり後ろめたいことが生まれたりするかもしれないが、完全ボランティアでやっているためブレずに続けていられると思う。

ヤクザとのトラブル

西成という土地柄、トラブルが起こることも何度かあった。

特に始めてすぐのころに多かったのは、ヤクザ絡みのトラブルだ。

自分たちのシマでこのような活動をされることが気に入らないのか、冷ややかしで現場にやってきて酒を飲みながら僕らを見ていたり、露骨に僕らを組織に取り込もうとして来たり、これは悪気があるのかどうか分からないが、手伝いで来てもらっていたスタッフの中にヤクザが紛れ込んでいたこともあった。

僕はその度に直接出ていき、

「すみません、もう来ないでください」

「申し訳ないですが、自分たちだけの力で全部やりたいんです」

と話をつける必要があった。

やはり炊き出しを必要としている人たちには安心して並んでほしいし、ヤクザが来ているということで警察に目をつけられては具合が悪い。活動を守ることを最優先に考えて、なんとか話を聞いてもらえるように尽力した。

幸いこちらの考えは理解してもらえたようで、最近はそのようなトラブルは減ってきている。

西成住民とのトラブル

ヤクザだけでなく、西成住民とのトラブルもあった。

炊き出しの現場で、YouTubeのカメラを回していたときのことだ。西成の人にインタビューをしようという企画で、いろいろな人に話を聞いていた。するとあるおっちゃんが、

「俺も出してや」

と近づいてきた。

話を聞くと、どうやら過去に刑務所で足を切断したという経歴の持ち主らしかった。僕らも興味が湧いたのでいろいろと詳しく聞いて、後日動画をアップした。

すると動画はうまい具合に再生され、なかなか順調な滑り出しであった。

そこまではよかったのだが、問題が起きたのは後日だ。いつものように炊き

出しをしているとまたそのおっちゃんが近づいてきて、こう言った。

「俺のおかげで動画再生されてんねんから、これから毎月1万円持ってきてくれや。どうせ儲けてんねやから、ええやろ?」

もちろん良いわけがない。

そのおっちゃんのことは好きだし、おっちゃんのおかげで動画が再生されているのは事実だけど、ひとりにそのような対応をしてしまうと「じゃあ俺も」「私も」とキリがなくなってしまう。

仕方がないので、

「ごめんな、それはできへんねん。今、目の前で動画削除するから、それで勘弁してや」

と話をして、そのおっちゃんにはなんとか理解してもらえた。やはりお金を絡めるとこのような面倒が起きるので注意しないといけないなと強く感じた出来事だった。

人が増えたことによる弊害

おかげさまで大阪租界は広く認知していただき、多くの人に集まっていただけるようになってきたが、一方ではそれによる弊害も少しずつ起き始めている。

ひとつは、明らかに冷やかしが増えたという問題。これは本当に残念なことだ。公園が賑わっているのを見て、何も知らない酔っ払いたちが寄ってきて騒いでいたり、勝手に写真や動画を撮っているような連中も最近はかなり多い。

僕らがやっているのは炊き出しであって、お祭りや見せ物では決してない。まずそこを理解してほしい。

特に炊き出しに並んでいるのはいろいろと生活にワケありの人が多いため、そこで写真や動画を無断で撮影するなんて言語道断だ。

西成に根を張る社長連中や経営者との関係性も、問題のひとつだ。

彼らからしたら、自分たちの街で僕たちが好き勝手やっているのは面白くないのだろう。実際に遠回しの圧力をかけられたような経験も何度かある。

通常であれば、そのようなお偉いさんたちとは何度か食事に行き、お付き合いをして関係性を作っておくというのがセオリーなのだと思う。しかし、僕たちはそういった付き合いを一切していない。

理由は簡単で、必要以上に馴れ合ってしまうとそこにまたややこしい人間関係・利害関係が生まれ、トラブルに発展する可能性が出てきてしまうからだ。何度も書いているように、僕たちはこの活動をビジネスにするつもりは一切ない。

トラブルの芽は可能な限り摘んでおきたいし、コミュニケーションは実際に現場に来てくれる人たちに丁寧に挨拶をするだけで十分ではないかと僕は思っている。

馴れ合いという点で言うと、現場に来て、

「いつも応援していますす」

「写真お願いしてもいいですか？」

　と言ってきてくれるファンの人たちへの対応も慎重にするようにしている。彼らは冷やかしとは違いマナーも良いし、もちろん応援してくれていて嬉しい気持ちもある。

　ただしやはり炊き出しは必要としている人たちを第一に考えたいし、ファンの対応に追われて活動がおろそかになってしまっては本末転倒だ。申し訳ないがこちらとしても対応している時間はないし、そういう緊張感のある雰囲気づくりをしていくことも課題だと思っている。

　もし「それでも何か力になりたいんです」と思ってくれる人がいれば、こちらにも伝わるような気持ちを見せてほしいと思う。たとえばボランティアのスタッフに缶コーヒーの差し入れをしてもらってもいいし、そのお金が無ければ声かけの手伝いをしてくれるのでも全然構わない。とにかく「自分たちも本気です」という気持ちを示してほしいのだ。

　それを見せてくれるのであればこちらから拒む理由はまったくないし、仲間として気持ちよく接することができる。いつでも歓迎したいと思う。

厳しいことを言うようだが、僕らも本気でやっているのでそこは理解していただきたい。

人付き合いの難しさ

注目されることはプラスに働くことがある一方でマイナスになることもある。

YouTubeや炊き出しの活動によって注目されることによって、僕はこれまで以上に人付き合いというものを慎重に考えるようになった。

良い人悪い人を含めて、いろいろな人が近付いてくるが、

「自分は誰々と知り合いで……」

「誰々に世話になっていて……」

そんな理由で偉そうにするヤツは、信用しないようにしている。

僕自身の経験として、特にガキのころには「ダルビッシュの弟だから」とい

う理由だけで近づいて来ようとする人間がたくさんいた。

先輩に呼ばれて酒の席に行くと、必ず先輩の隣には女の子が座っていた。大方、

「俺、ダルビッシュの弟と知り合いやねん。呼んだろうか？」

「えっ、ホンマに？　呼んで呼んで！」

といった流れで僕は呼ばれていたのだろう。

そのような席で先輩がする話というのは、いつも決まっていた。

「翔、今度こんな仕事があんねん。お前に紹介したるわ」

「いいんですか？　ありがとうございます」

僕はいつもそう返していたが、その話が実現することは一度もなかった。要するに先輩は、「自分はダルビッシュの弟に言うことを聞かせることができる立場の人間だ」ということを女の子に示したいだけなのだ。

途中からそのことに気付いた僕は、徐々にそのような酒の席に行くことはなくなっていった。

逆に、そのころ酒の席にいても仕事の話をしてこなかった先輩や社長とは、

今でも付き合いが続いている。その人たちは打算抜きで、ひとりの人間として僕と付き合い、酒を飲んでくれていたからだ。

今の僕は「不要な人間関係はいらない、仲間は本当に信頼できるわずかな人数でいい」と考えている。

だれかれ構わず関係を広げたり八方美人に振る舞う人を見ていると、薄っぺらく感じられてしまう。自分のやっていることに信念を持つことができれば、むやみに関係を広げる必要はない。このことは炊き出しの活動が大きくなればなるほど実感している。

今後の炊き出し活動について

正直に言って、週に1回のペースで今の規模の炊き出しを続けていくのはかなり大変な作業だ。今後もっと活動が広がっていくことを考えると、その分トラブル対策や作業工程の見直しといった手間も増えていくだろう。

しかし一度始めたからには、僕はどんな形であれ続けていかなくてはいけないと考えている。たとえおにぎりだけ、豚汁だけになってしまうような日があったとしてもだ。

みんな毎週木曜日を楽しみに三角公園に集まってくれているし、逆に僕たちもみんなの笑顔や「ありがとう」のひと言にたくさんの元気をもらっている。

――あそこに行けば美味しいご飯とみんなの笑顔がある

――次の木曜日まで頑張ろう

ひとりでも多くの人にそう思ってもらえるように、僕たちは活動を続ける。

「継続は力」。この言葉が僕をどれだけ救ってくれたかは、ここまでに書いてきた通りだ。何事も中途半端だった僕が、こうして歯を食いしばってひとつのことを続けることで多くの仲間が集まってくれた。多くの笑顔を見ることができた。

この良い連鎖を1日でも長く続けていくために、今後も精進していこうと思う。

おわりに

ガキのころの僕は好き勝手に暴れて〝悪名〟を思うままにしていた。それでいいと思っていたし、将来やりたいことなんて何もなかった。だが、気付いてみれば僕はひとりではなく、家族や仲間、友人などに支えられていた。

自分のありのままの姿を見てほしいと思ってYouTubeを始めた。多くの視聴者に見てもらえるようになり、応援の声が届くようになった。自分の生まれ育った大阪という街に恩返しをしようと思って大阪租界で炊き出しを始めた。

昔の僕だったらできなかったことばかりだ。

今の日本社会は、逮捕された人間や、報道によって潰された人間にセカンドチャンスを与えにくいものになっている。特に半グレや反社というカテゴリーに入れられてしまったら一般の人は関わりにくくなってしまう。それが本当かウソかは別にしてもだ。

この状況を変えるためには懲役を終えて帰ってきて真面目に社会復帰をしようとしている人たちを支える社会にならなければならないと思う。

しかし、現実は残酷で「また同じことをするのではないか」「そんな人間と関わったら自分もトラブルに巻き込まれるのではないか」という不安がネックになって、まともになろうとする人に協力してくれる企業や団体は少ない。

結局は自分でなんとかするしかないのだが、あまりにもひどい仕打ちを受け続けたら、その気持ちも折れてしまうのが人間だ。そんな辛さは僕自身が分かっているので、僕は差別をせずに、いろいろな人にチャンスをあげられればと思っている。

「ダルビッシュさんですよね？　YouTube見てます！」

「写真撮ってもらってもいいですか？」

最近は街でこんな声をかけていただくことがある。昔のような〝悪名〟ではなく、ポジティブな意味で僕の名前を呼んでくれる人が増えた。素直に嬉しいし、周りの人を大切にしてこれからも頑張っていきたい。

ただ、僕は善人になったわけではないし、昔の自分とがらりと変わったわけでもない。周りの人に支えられていることに気付いただけだ。

僕は自分につきまとう〝悪名〟を払拭したいとは思っていない。あることないこと書いているネット上の記事はこれからも残り続けるし、言いたい人は僕のことを好きに言うだろう。

それでいい。

僕は自分の信じたことを続けていくだけだ。

僕は僕の〝悪名〟を背負って生きていく。

2023年4月　ダルビッシュ翔

著者略歴
ダルビッシュ翔
1989年、３人兄弟の次男として大阪府羽曳野市に生まれる。実兄はメジャーリーガーのダルビッシュ有、実弟は元俳優のダルビッシュ賢太。
かつては格闘技デビューや暴力事件、そして野球賭博での逮捕と、様々なニュースで各メディアを賑わせた。
現在はYouTubeチャンネル「ワルビッシュTV」の運営や大阪租界での炊き出しなど、精力的に活動の幅を広げている。

構成：花田庚彦
撮影：藤井泰宏

悪名

2023年5月24日　第一刷

著　者　　ダルビッシュ翔

発行人　　山田有司

発行所　　株式会社　彩図社
東京都豊島区南大塚3-24-4
ＭＴビル　〒170-0005
TEL：03-5985-8213　FAX：03-5985-8224

印刷所　　シナノ印刷株式会社

URL：https://www.saiz.co.jp
https://twitter.com/saiz_sha

ISBN978-4-8013-0648-6 C0036
落丁・乱丁本は小社宛にお送りください。送料小社負担にて、お取り替えいたします。
定価はカバーに表示してあります。